Michael mon amour

Barbara Cartland est une romancière anglaise dont la réputation n'est plus à faire.

Ses romans variés et passionnants mêlent avec bonheur aventures et amour.

Vous retrouverez tous les titres disponibles dans le catalogue que vous remettra gratuitement votre libraire.

Barbara Cartland

Michael mon amour

Traduit de l'anglais
par Fidèle Desjardins

Éditions J'ai lu

Titre original :

DANGER TO THE DUKE

NOTE DE L'AUTEUR

Dans les anciennes civilisations du Moyen-Orient, l'or provenait essentiellement des alluvions charriées par les rivières. Puis, en 1823, la Russie devint le principal producteur d'or et contribua pendant quarante ans à accroître les réserves mondiales.

En 3500 av. J.-C., les émeraudes étaient considérées comme les pierres précieuses par excellence, plus précieuses même que les diamants. Les anciens Égyptiens les extrayaient déjà du sous-sol, et d'importants gisements ont été découverts dans l'Oural, bien que la Russie ait toujours été très avare de renseignements sur la question.

Le Grand Jeu, dont j'ai déjà parlé dans d'autres livres, commença dans les premières années de la suprématie britannique aux Indes.

Il était destiné à contrecarrer les agissements des Russes, qui excitaient délibérément l'hostilité des tribus frontalières contre les Britanniques, car les tsars étaient déterminés à faire main basse sur le plus beau joyau de la couronne anglaise.

Les Britanniques, toutefois, ne se réveillèrent que lorsque les Cosaques commencèrent à menacer les territoires limitrophes du Nord-Ouest. Mesurant enfin le danger, ils comprirent qu'il était grand temps de renforcer leurs défenses.

1

1880

Quand le vapeur sortit du port d'Alexandrie, le major Michael Moore poussa un soupir de soulagement. Les Indes étaient maintenant loin derrière lui et il était encore en vie ! Il n'arrivait pas à le croire.

Le vice-roi, le marquis de Dufferin, lui avait dit :

– Moore, je vous suis profondément reconnaissant de m'avoir sauvé la vie et celle d'un grand nombre de soldats anglais. Mais dites-vous bien que, désormais, l'ennemi vous a à l'œil. Vous avez intérêt à vous faire oublier quelque temps. Prenez de longues vacances, je vous le conseille.

Moore était tout à fait d'accord avec le vice-roi sur ce point, car il avait été mêlé de près à l'une des plus dangereuses et des plus effrayantes opérations qu'il eût jamais connues.

Quand il était arrivé aux Indes, en qualité de lieutenant, il avait été attiré, comme beaucoup d'autres, par ce qu'on appelait alors le Grand Jeu.

Cela avait commencé au début du siècle, quand les troupes russes avaient lancé leurs premières expéditions dans le Caucase.

Après avoir écrasé les tribus indigènes, qui résistèrent avec une formidable âpreté, les Russes tournèrent leurs regards vers les vastes territoires désertiques et montagneux de l'est, où se trouvaient les cités musulmanes de Khiva et Bokhara.

La percée russe semblait inexorable et l'on commença à craindre pour la sécurité des Indes. Les antiques cités tombaient l'une après l'autre sous les assauts des cavaliers cosaques, qui se rapprochaient de plus en plus dangereusement des frontières mal gardées des Indes.

Ce fut alors que les Britanniques, surtout les jeunes officiers, s'impliquèrent dans cette fantastique aventure qu'ils désignaient entre eux sous le nom de Grand Jeu.

Téméraires, ils se lancèrent au péril de leur vie dans de grandes expéditions pour explorer les terres inconnues, surveiller les mouvements des troupes russes et vaincre la méfiance des khans.

Nombre d'entre eux moururent bravement dans des circonstances atroces. La plupart étaient des soldats de métier, des officiers de l'Armée des Indes ou des agents de renseignements dépêchés sur les lieux par les services secrets, basés à Calcutta, afin de réunir un maximum d'informations. D'autres étaient des amateurs, quelquefois même de simples voyageurs, qu'un ministre du tsar appela « les hommes de l'ombre ».

Michael Moore était un professionnel, et sans doute le plus valeureux d'entre tous. C'était toujours à lui que le vice-roi et les chefs de l'armée confiaient les missions les plus dangereuses.

Ses succès étaient prodigieux, probablement parce qu'il attachait peu de prix à sa propre vie. En vérité, il était venu aux Indes pour fuir l'Angleterre et oublier un terrible chagrin d'amour.

Michael Moore était le fils de lord Charles Moore, qui était lui-même le troisième fils du quatrième duc de Grangemoore.

Le duc était un homme très influent, qui avait banni Charles de la famille, si bien que Michael n'avait jamais vu son grand-père. Charles s'était rebellé contre la vieille tradition voulant que son père choisît à sa place la femme qu'il devait épouser.

Ses deux frères, eux, s'étaient soumis à la règle sans protester. Quand ils avaient eu vingt et un ans, le duc avait arrangé leurs mariages. Il avait choisi pour eux des jeunes filles de sang bleu, dont la noblesse était égale à la sienne, du moins dans son esprit.

Résultat : l'aîné avait épousé une femme terne et sans beauté, dont le père était un duc du voisinage, et le cadet une obscure princesse bulgare. Ils n'étaient pas réellement malheureux en ménage, mais s'ennuyaient à mourir avec leurs épouses, qu'ils trompaient sans vergogne chaque fois qu'ils en avaient l'occasion.

Lord Charles, lui, était un idéaliste. Sur ce point, il ressemblait plus à sa mère qu'à son père.

Juste avant son vingt et unième anniversaire, on lui annonça qu'il était temps pour lui de se marier. Il se rendit immédiatement à Londres, à la recherche d'une jeune femme susceptible de lui apporter le bonheur.

Il fit la tournée des bals de Mayfair et, chose incroyable, il trouva la perle rare en moins d'une semaine !

Au cours d'un dîner précédant un bal offert par l'une des plus grandes mondaines du moment, lord Charles fut placé à table à côté d'une jeune fille fort charmante mais extrêmement timide.

Après une brève conversation, il découvrit qu'elle avait été invitée au dernier moment, pour remplacer une convive indisposée.

– Je ne suis que la fille du pasteur, lui dit-elle. Notre hôtesse de ce soir possède une somptueuse résidence dans le village d'où je viens et elle a la bonté de m'inviter de temps à autre.

Sa franchise et sa beauté fascinèrent lord Charles. Ils dansèrent ensemble et, à la fin de la soirée, il était amoureux.

Ce fut le coup de foudre. Une semaine plus tard, il demanda sa main. Elle s'appelait Sylvia et était, elle aussi, très éprise de lui.

De retour chez lui, il informa son père de ses intentions : il était prêt à se marier, puisqu'on le lui demandait, dès qu'il aurait vingt et un ans.

Le duc fut atterré : une telle mésalliance était une catastrophe sans précédent pour la famille. Il entra dans une colère noire. Il avait décidé que son fils épouserait la fille d'un marquis, avec lequel il avait déjà entamé des négociations en ce sens, et interdit formellement à Charles de revoir Sylvia.

Charles régla la question le plus simplement du monde – en s'enfuyant. Il épousa Sylvia à l'insu de son père, qui n'apprit la chose qu'une semaine plus tard.

La réaction du duc fut terrible. Il enragea tellement que la famille craignit qu'il n'eût une attaque ! C'était la première fois qu'un de ses fils osait lui tenir tête et il refusait d'y croire. Mais il eut beau tempêter, rien n'y fit : le mariage avait été officiellement scellé et il était trop tard pour s'y opposer.

Il raya aussitôt lord Charles de son testament, lui ferma sa maison et interdit qu'on prononçât son nom en sa présence.

Heureusement, lord Charles avait reçu en héritage de sa marraine un petit pécule, qui lui permit d'acheter une maison avec un peu de terre, non loin du village de Sylvia.

Il avait un talent que personne ne pouvait lui dénier : l'équitation. Et, comme il adorait les chevaux, il eut l'idée d'en faire le commerce. Il acheta un poulain à bas prix, le débourra, le dressa et le revendit quatre fois plus cher. Il réitéra l'opération, l'affaire prospéra et il devint bientôt un important négociant en chevaux, connu et respecté dans tous les comtés voisins.

Grâce à ses revenus, il put envoyer Michael au collège d'Eton, puis à Cambridge, sans avoir besoin des subsides paternels.

Michael voulait devenir soldat et, quand il eut l'âge de choisir l'arme dans laquelle il désirait servir, il lui arriva ce qui était arrivé à son père : le coup de foudre. Dans son cas, il y avait cependant une différence : l'objet de ses adorations n'était pas une pauvre fille de pasteur.

Le comte de Wargrave donnait un des plus grands bals de la saison pour sa fille, qui était en passe de devenir l'une des beautés les plus en vue du tout-Londres. Comme Michael était joli garçon, Doreen dansa plusieurs fois avec lui, puis persuada sa mère de l'inviter à toutes les réceptions qui seraient données en son honneur.

Michael la revit donc et, plus il la voyait, plus il était fou d'elle.

Il faut dire qu'elle n'avait pas que sa beauté pour elle. Elle était également très intelligente. Ils riaient des mêmes choses et avaient souvent les mêmes goûts.

Michael eut vite la certitude qu'ils étaient faits l'un pour l'autre. La première fois qu'il embrassa Doreen, il crut que les portes du paradis s'ouvraient devant lui.

– Quand nous marions-nous ? lui demanda-t-il.

– Laissez-moi le temps de réfléchir, répondit Doreen. Ce serait une erreur de précipiter les choses.

– Mais pourquoi attendre ? Je veux vous avoir près de moi au plus tôt. Je vous aime, ma chérie, et je sais que vous m'aimez aussi.

– Je vous aime beaucoup, Michael, bien sûr, et, quand nous dansons ensemble, je sais que tout le monde nous regarde parce que vous êtes bel homme et que...

– Et que vous êtes la plus sublime des femmes.

Il est vrai que leur couple faisait l'admiration de tous. Et cela les amusait.

Michael formait déjà des projets d'avenir. Dès qu'il serait marié, il embrasserait la carrière des armes, comme prévu. Pour lui, les problèmes matériels n'étaient que des détails. Il savait que Doreen possédait quelques rentes et il était certain que son père les aiderait.

« Nous nous en tirerons très bien, d'une manière ou d'une autre, se disait-il, et nous serons heureux. »

Une semaine plus tard, le couperet tomba.

Il reçut un message de Doreen le priant de venir la voir. Il se rendit donc chez elle, dans Park Lane, et monta directement dans le petit salon où il avait coutume de la retrouver.

Doreen l'attendait. Elle lui sembla encore plus belle que d'habitude. Il ferma la porte et s'approcha d'elle pour l'embrasser, mais elle résista.

– J'ai quelque chose à vous dire, Michael, fit-elle.

– Laissez-moi tout de même vous embrasser, insista-t-il.

– Non, écoutez d'abord ce que j'ai à vous dire.

– Fort bien, mais faites vite.

À sa grande surprise, Doreen lui tourna le dos et alla se camper devant la cheminée.

– Qu'y a-t-il ? demanda Michael. Il s'est passé quelque chose ?

– Je ne sais pas comment vous le dire, commença Doreen.

– Me dire quoi ?

Il y eut un long silence puis, d'une voix à peine audible, elle lui répondit :

– Je vais épouser Simon Harrington.

Michael se raidit. Il n'en croyait pas ses oreilles.

– Qu'avez-vous dit ?

– Je suis désolée, Michael. Je sais que cela vous fait de la peine, mais vous devez comprendre. Papa et maman sont enchantés. Je vous aime, évidemment, mais nous n'aurions jamais pu vivre avec si peu d'argent.

– Qu'importe l'argent, puisque nous aurions été ensemble !

Elle garda le silence.

– Enfin, pourquoi ? s'exclama-t-il. Pourquoi me faites-vous cela ?

Mais il connaissait la réponse avant même d'avoir posé la question. Simon était le fils aîné du duc de Cambria. Toute autre explication était inutile.

Sur le moment, Michael voulut plaider sa cause, protester de son amour, se jeter à ses pieds, mais le bon sens lui dit que cela ne servirait à rien. Simon pouvait lui offrir un titre de noblesse et, pour une mondaine comme elle, rien n'avait plus de valeur.

Comprenant qu'il était vaincu, Michael tourna les talons et sortit en refermant la porte derrière lui. Doreen l'appela une dernière fois, mais il ne l'écouta pas. Il dévala les marches deux à deux et disparut.

Le soir même, il s'enrôla dans un régiment qui partait pour les Indes.

Certain que sa blessure ne se refermerait jamais et considérant qu'il n'avait plus rien à perdre, il se lança aussitôt à corps perdu dans le Grand Jeu.

Il se donna tout entier à ses nouvelles missions et ses succès furent retentissants.

Bien sûr, il y eut d'autres femmes dans sa vie. Avec son physique et son charme naturel, les occasions ne manquaient pas et il n'aurait pas été homme s'il avait refusé les avances des belles qui s'offraient à lui.

Mais il ne courtisait jamais les jeunes filles. Ses liaisons se limitaient à des femmes mariées et esseulées, dont les époux combattaient ou travaillaient à la frontière du Nord-Ouest ou dans les plaines caniculaires.

Au fond de son cœur, il méprisait leur infidélité et se méprisait lui-même, mais il était incapable de résister à la tentation. Tout lui était bon pour essayer d'oublier Doreen.

Son père et sa mère avaient été si heureux ensemble ! Lord Charles n'avait pas hésité un instant à rompre avec sa famille pour vivre avec celle qu'il aimait. Au diable les titres de noblesse ! Le cœur était plus important que la position sociale.

Aux Indes, Michael était bien loin de tous ces préjugés stupides. Certes, il voyait encore quelques snobs anglais faire des courbettes au vice-roi, mais, quand il s'agissait de se battre, c'était une autre paire de manches. Dans la bataille, les valeurs n'étaient plus les mêmes.

Les Russes étaient de plus en plus dangereux et de plus en plus déterminés à conquérir les Indes. Les agents du tsar infiltraient les villages et semaient la zizanie dans les tribus, ce qui rendait la situation extrêmement périlleuse pour les jeunes gens tels que Michael.

Il eut souvent l'occasion de s'en apercevoir. Un soir, dans la pénombre, il esquiva d'un cheveu un couteau lancé contre lui. Une autre fois, averti par son instinct, il évita au dernier moment un piège tendu sur son passage.

Il avait à présent vingt-sept ans et le gouvernement, notamment en la personne du vice-roi, le tenait en très haute estime. Les dignitaires de l'état-major n'hésitaient pas à le consulter dans les affaires importantes. Les généraux, les diplomates et les hommes d'État en visites officielles le considéraient comme leur égal.

Aujourd hui, il rentrait au pays et se demandait avec une certaine inquiétude ce qui l'attendait en Angleterre.

Sa mère était morte quatre ans plus tôt et son père l'avait suivie dans la tombe l'année suivante. Michael, retenu par une mission cruciale, n'avait pas pu assister à leurs enterrements, mais il avait appris par la suite que son père lui avait légué sa maison et un pécule suffisant pour vivre à l'aise le jour où il déciderait de regagner l'Angleterre.

Évidemment, pour une grande mondaine comme Doreen, qui rêvait de millions, c'était une misère, mais Michael ne désespérait pas de rencontrer un jour une femme qui l'aimerait pour lui-même et accepterait de partager sa vie. «À condition qu'une telle femme existe ! » se disait-il avec cynisme. Car, en son for intérieur, il était persuadé qu'elles étaient toutes les mêmes. « L'argent, les titres ! c'est tout ce qui les intéresse », pensait-il amèrement.

Son père avait eu mille fois raison de s'enfuir avec celle qu'il aimait. Il ne l'avait d'ailleurs jamais regretté.

– Mon fils, lui avait-il dit, j'ai eu beaucoup de chance. Quand je pense à mes frères, qui ne m'adressent plus la parole, j'ai pitié d'eux. Comme ça doit être ennuyeux de s'asseoir tous les jours en face d'une femme avec qui l'on n'a rien en commun.

Michael en avait conclu qu'il valait mieux ne jamais se marier. « Mon père avait raison, se disait-il souvent. Si je devais épouser une des femmes que je rencontre ici, je crois que je deviendrais fou. »

Il avait découvert, comme beaucoup d'autres avant lui, que les femmes ne s'intéressaient vraiment qu'aux choses de l'amour. Dès qu'un homme essayait de les entretenir d'un autre sujet, elles détournaient la conversation. Or Michael aurait voulu avoir une confidente, quelqu'un à qui parler de ses aventures, quelqu'un qui s'intéressât à ce qu'il faisait. La mode, les cancans, les fanfreluches, très peu pour lui ! Dans ces conditions, il préférait rester célibataire.

Pour l'instant, il avait d'autres sujets de préoccupation. Que ferait-il à son retour en Angleterre ?

Il commencerait par aller voir sa maison, puisqu'il en était désormais le légitime propriétaire. Le vieux couple de gardiens chargés de son entretien lui avait écrit qu'elle était restée dans l'état où ses parents l'avaient laissée. Mais la perspective de vivre en pleine campagne ne l'enchantait guère, lui qui avait toujours été un homme d'action. Il pourrait monter à cheval, bien sûr, mais c'était à peu près tout.

« Je pourrais peut-être vivre à Londres », se dit-il. Il se demanda combien de ses anciens amis ou connaissances seraient heureux de renouer des liens avec lui. Bien sûr, il y avait ceux qui étaient venus aux Indes et qui, informés de sa valeur par le vice-roi, se feraient une joie de le fréquenter. Mais la plupart d'entre eux étaient beaucoup plus âgés que lui. Il y avait aussi les membres des cabinets ministériels et les conseillers de la reine, mais c'étaient des gens très occupés, qui n'auraient sans doute pas beaucoup de temps à lui consacrer.

Le bateau à bord duquel il naviguait venait de pénétrer en Méditerranée.

Michael craignait de trouver l'Angleterre bien ennuyeuse après les aventures qu'il avait connues. Il avait peur de se sentir seul.

Alors, il pensa à ses anciens camarades d'Oxford. Ceux-là seraient sans doute ravis de le revoir. Certains s'étaient mariés entre-temps, bien sûr, d'autres avaient déménagé, mais ce serait bien le diable s'il ne parvenait pas à en contacter quelques-uns à Londres.

En fait, il avait déjà envie de retourner aux Indes. Mais il savait que ce ne serait pas facile. Comme le lui avait dit le marquis de Dufferin, l'ennemi « l'avait à l'œil » depuis qu'il avait déjoué le complot qui se tramait contre le vice-roi. Il avait démasqué les agents tsaristes qui s'étaient infiltrés dans les tribus pour les inciter à attaquer les troupes britanniques et les Russes avaient la réputation d'être très rancuniers. Les hommes qui avaient survécu aux représailles britanniques n'oublieraient pas de si tôt le nom de Michael Moore.

« Bah ! je trouverai bien quelque chose à faire pour occuper mon temps », se dit-il.

Il n'avait pas quitté sa cabine depuis Calcutta, attendant d'avoir passé le canal de Suez pour s'aventurer sur le pont. Sa prudence lui était dictée par le souvenir de deux événements tragiques survenus l'année précédente.

Deux hommes rentrant des Indes avaient été victimes de ce qu'on avait pudiquement appelé un « malencontreux accident » à bord du navire qui les ramenait en Europe. Le premier était mystérieusement tombé à l'eau au milieu de la nuit et le second avait été retrouvé mort dans son lit, prétendument à la suite d'une surdose de drogue – dont on n'avait décelé aucune trace dans son sang.

Tous ceux qui avaient joué un rôle dans le Grand Jeu avaient appris à se méfier des moindres ombres et des moindres bruits de pas. Mais, puisqu'il ne s'était rien passé jusque-là, Michael estima qu'il pouvait enfin se détendre.

On frappa à la porte de sa cabine.

– Entrez !

Le steward apparut.

– Bonjour, monsieur, dit-il. J'ai pensé que vous aimeriez peut-être lire des journaux anglais. Je vous ai apporté le *Times* et le *Morning Post* de la semaine dernière.

– C'est très aimable à vous, Smith, répondit Michael Moore, qui se promit de donner un gros pourboire au steward quand ils arriveraient à Tilbury.

– La mer est calme et il fait grand soleil, monsieur, reprit Smith. Vous devriez aller prendre l'air. Vous semblez en bien meilleure forme que le jour de votre embarquement.

– Ravi de vous l'entendre dire. Je me sens mieux, en effet, merci.

Michael avait dû trouver une excuse pour rester enfermé dans sa cabine et il avait prétexté un mal étrange et rare qui l'obligeait à garder le lit, ce qui avait grandement inquiété le steward.

– Y a-t-il quelque chose que je puisse faire pour vous, monsieur ?

– Non merci, Smith, rien pour le moment.

– Au fait, je ne sais pas si vous êtes au courant, mais il y a un bal ce soir. Et de très jolies jeunes dames sont montées à bord récemment. Elles valent le coup d'œil, je vous assure.

Michael rit.

– Eh bien, je ferai peut-être un tour de piste dans la soirée, Smith.

– Ça vous fera du bien, monsieur. Et vous n'avez pas à craindre la concurrence, il n'y a pas beaucoup de jeunes gens à bord en ce moment.

Le steward s'éclipsa et Michael s'esclaffa. Il avait l'impression que Smith, un homme entre deux âges, avait de l'affection pour lui. Le personnage de Michael semblait le fasciner et l'intriguer à la fois. Il aurait bien voulu savoir ce qu'il faisait mais n'avait pas beaucoup d'indices pour satisfaire sa curiosité. Il ne connaissait rien de lui, pas même son vrai nom, car le vice-roi avait insisté pour que Michael voyageât sous une fausse identité et lui avait délivré un passeport au nom de Martin Morris.

« Ils tiennent vraiment à ce que je reste en vie », songea Michael avec un sourire.

Il ouvrit le *Morning Post.*

Au début de son séjour aux Indes, il avait continué à lire régulièrement la presse anglaise – qui lui parvenait avec trois semaines de retard –, parce qu'il avait le sentiment d'être en terre étrangère et voulait avoir des nouvelles du pays. À présent, c'était le contraire. Il préférait lire les journaux indiens. L'Angleterre était bien loin de ses préoccupations.

Il parcourut les gros titres du *Morning Post.*

L'actualité était principalement centrée autour d'une joute oratoire à laquelle s'étaient livrés le Premier ministre et le chef de l'opposition. On publiait également une photographie de la reine Victoria et une longue description d'un salon de Buckingham Palace qui avait servi de cadre au Bal des débutantes , dont les noms étaient énumérés.

Michael tourna la page.

Il tomba sur la rubrique nécrologique. Le duc de Grangemoore figurait en tête de la liste des défunts. Michael n'avait plus pensé à son grand-père depuis une éternité. En vérité, il le croyait déjà mort depuis longtemps.

Il lut lentement le compte rendu de presse :

C'est avec un profond regret que nous informons nos lecteurs du décès du 4e duc de Grangemoore, survenu le 30 avril en sa résidence de Grangemoore Hall, à Norfolk.

Sa Grâce avait 81 ans et souffrait d'un mal incurable depuis quelques années. Son fils aîné, le marquis de Grange, est mort en 1875, laissant quatre filles. Son fils cadet, lord Henry Moore, décédé l'an dernier dans un accident de chemin de fer, n'a jamais eu d'enfants, bien qu'il se soit marié deux fois. Enfin, son troisième fils, lord Charles Moore, est mort en 1877, voici trois ans.

L'héritier du duché est donc le fils unique de lord Charles, le major Michael Moore, actuellement sous les drapeaux aux Indes. Les notaires chargés de la succession Grangemoore font l'impossible pour essayer de prendre contact avec lui.

Michael n'en crut pas ses yeux. Il relut l'article de bout en bout. Était-ce possible ? Lui, dont le père avait été banni de la famille, lui qui n'avait jamais parlé à son grand-père de sa vie, il allait être le 5e duc de Grangemoore ? C'était inimaginable et, cependant, c'était là, sous ses yeux, noir sur blanc.

Toutes sortes d'images de son passé défilèrent dans son esprit. Il revit Doreen, le jour où elle lui avait annoncé qu'elle le quittait pour épouser Simon Harrington, parce qu'il allait être duc. Quelle ironie du sort ! Puis, ce furent des paysages des Indes qui lui apparurent, comme dans une lanterne magique. Il repensa au Grand Jeu et à tous les risques insensés qu'il avait courus.

Tout à coup, il se souvint d'une conversation qu'il avait eue avec un inconnu, dans la maison du vice-roi.

– Il se passe des choses bizarres à Grangemoore Hall, lui avait dit l'homme. Avez-vous souvent des nouvelles de votre grand-père ?

– Non, avait répondu Michael sans plus de commentaires.

– Eh bien, figurez-vous que j'habite la région et je peux vous dire qu'on en raconte de belles sur Grangemoore dans le voisinage. La prochaine fois que vous irez en Angleterre, essayez de tirer cela au clair.

Michael n'avait pas répondu, considérant que son interlocuteur se mêlait de ce qui ne le regardait pas.

Il n'y avait plus repensé depuis, mais à présent tout cela lui paraissait étrange.

Quelle conduite adopter lorsqu'il arriverait en Angleterre ? La première chose à faire, se dit-il, était d'aller trouver les notaires de son grand-père. Mais où s'adresser ? Il ne savait pas qui ils étaient.

Il se rappela alors qu'il y avait à Londres une maison connue sous le nom de Grangemoore House. Il l'avait vue dans Park Lane en se rendant chez Doreen. Les volets étaient toujours fermés et la demeure semblait abandonnée – sans doute parce que son grand-père était trop vieux pour venir à Londres et que ses oncles préféraient vivre à la campagne. Du moins, c'était ce qu'il avait supposé à l'époque.

Ses oncles ! Eux non plus, il ne les avait jamais vus. Maintenant qu'il y pensait, il trouvait insultant que ni lord Henry ni son frère n'aient cherché à entrer en communication avec son père. Certes, ils respectaient en cela les ordres du duc, mais tout de même ! Ils étaient frères ! Et Charles était le benjamin. N'éprouvaient-ils donc aucune affection pour lui ?

« La famille s'est vraiment comportée d'une façon odieuse envers mon père, se dit-il. Si encore il avait épousé une chanteuse de cabaret ou une danseuse, je comprendrais ! Mais la fille d'un pasteur, franchement ! Fallait-il qu'ils soient snobs pour la traiter comme ils l'ont fait ! Mère ne l'a jamais avoué, mais je suis sûr qu'elle a énormément souffert de leur attitude. »

Il éprouvait une profonde amertume envers son grand-père et tous les membres de sa famille. Pas un seul d'entre eux n'était venu voir son père à Londres, pas un seul ne lui avait tendu la main en disant :

– Je suis ton cousin.

« Et pourtant, pensa-t-il, je suis aujourd'hui le chef de la famille. »

Il ne savait que trop bien ce que cela signifiait. Il allait devoir assumer les devoirs de sa charge devant le monde et aurait sous sa responsabilité un grand nombre de parents éloignés qu'il n'avait encore jamais vus.

D'après ce qu'il avait entendu dire, son grand-père était un homme très riche. Et, malgré sa fortune, il avait laissé son plus jeune fils se débattre dans de terribles difficultés financières. Car la vie n'avait pas toujours été rose pour lord Charles, qui n'avait qu'un seul domestique pour le seconder à ses débuts et avait dû économiser sou après sou pour établir son commerce de chevaux.

« Si seulement papa avait pu hériter avant moi, songea Michael. C'eût été un juste retour des choses. Tandis que pour moi, c'est surtout une source d'embarras. Je n'ai jamais été préparé à devenir duc et j'ignore complètement ce qu'on attend de moi. »

Il regarda à nouveau le journal et éclata de rire.

« Quelle farce ! se dit-il. Le major Michael Moore, voyageant sous le nom de Martin Morris, qui se retrouve du jour au lendemain duc de Grangemoore ! »

2

Michael eut tout le temps de réfléchir entre Alexandrie et Tilbury. Pour commencer, il décida de s'acheter de nouveaux habits dès qu'il arriverait à Londres.

Certes, ses uniformes étaient bien taillés et très élégants, mais il les avait laissés aux Indes. Il était parti au dernier moment et, comme il était monté à bord tard dans la nuit, seuls ses vêtements civils avaient été empaquetés.

Michael avait passé beaucoup de temps avec le vice-roi, qu'il admirait énormément, et il avait inconsciemment copié certaines de ses qualités propres. Le marquis de Dufferin était un diplomate charmant et cultivé, doué pour les arts et les lettres. C'était aussi un romantique doublé d'un dandy, et les hommes de son entourage rivalisaient d'élégance pour essayer de l'égaler.

En regardant ses vêtements civils, Michael les trouva peu seyants. Une visite chez un grand tailleur londonien s'imposait. Les meilleurs faiseurs, qui tenaient boutique dans Bond Street ou

St. James's, étaient très chers mais, maintenant qu'il était duc de Grangemoore, l'argent n'était plus un problème pour lui.

Il savait déjà ce qu'il achèterait et ne s'estimerait satisfait que lorsqu'il serait aussi élégant que le marquis.

Il avait conscience d'être bel homme. Il lui suffisait de se regarder dans la glace pour s'en rendre compte. La vie mouvementée qu'il menait aux Indes l'avait rendu svelte et athlétique, et avait légèrement creusé ses traits.

Dans son régiment, tous les officiers portaient la moustache et il ne faisait pas exception à la règle. Mais le vice-roi lui avait conseillé de la raser avant d'embarquer.

– Personne ne doit vous reconnaître, lui avait-il dit, et, pour cela, vous avez intérêt à changer d'apparence. Pour vous, qui avez toujours été un champion du déguisement, ça ne devrait pas être trop difficile.

Michael n'avait pu s'empêcher de rire. Il n'avait pas son pareil pour se grimer, en effet, et ce talent lui avait plus d'une fois sauvé la vie au cours de ses missions dans le Grand Jeu.

Cependant, les questions vestimentaires n'étaient pas ses seuls sujets de méditation pour le moment. Loin de là. Le navire avait fait deux courtes escales en Méditerranée, à Marseille puis à Gibraltar, et ils voguaient actuellement dans le golfe de Gascogne, où la mer est souvent houleuse.

Deux jours après avoir quitté Alexandrie, Michael avait suivi le conseil de son steward et avait assisté à la soirée dansante.

Il avait commencé par étudier la liste des passagers. Beaucoup de choses avaient changé depuis son départ des Indes. Par chance, aucun nom ne lui était familier, ce qui lui avait permis de se promener librement parmi les convives, sans crainte d'être reconnu. Aux curieux qui lui avaient demandé ce qu'il faisait en Extrême-Orient, il avait répondu qu'il était en voyage d'affaires, sans plus de précision.

À Gibraltar, il avait trouvé d'autres journaux anglais. Dans l'un d'eux, un entrefilet décrivait les funérailles du duc de Grangemoore. Parmi les personnes présentes, on ne dénombrait que peu de membres de la famille. Leur nom ne disait pas grand-chose à Michael, qui connaissait très mal sa parenté.

« Bah ! songea-t-il, ils auront tôt fait de me contacter quand ils apprendront que je suis rentré. Inutile de perdre mon temps à rechercher leur trace. »

Évidemment, les choses auraient été plus simples s'il avait pu se fier à quelque cousin âgé capable de le guider dans ses démarches, mais il n'en connaissait pas. Aussi extraordinaire que cela puisse paraître, ni son père ni sa mère ne lui avaient jamais parlé des Moore. Il ignorait presque tout d'eux. En fait, il en savait plus sur le vice-roi et les dignitaires en poste aux Indes que sur sa propre famille.

Il décida donc de se mettre en rapport avec les notaires dès qu'il arriverait à Londres. Mais, pour cela, il lui fallait d'abord découvrir leurs noms et leur adresse.

Son grand-père avait sans doute préféré confier ses affaires à une étude londonienne plutôt que de recourir aux services d'un notaire de province. De toute façon, il n'aurait aucun mal à trouver quelqu'un pour le renseigner.

Dès qu'il arriva à Tilbury, il loua une voiture et se fit conduire au centre de Londres.

Il lui semblait inconvenant de se rendre directement à Grangemoore House avec ses bagages. Il aurait pu donner l'impression de vouloir emménager sans avoir prévenu personne. Il demanda donc au cocher de le déposer devant un hôtel tranquille du quartier de Mayfair.

– Il y en a beaucoup, monsieur, lui répondit le cocher, mais ils sont plutôt chers.

– Peu importe, je ne resterai pas longtemps, dit Michael.

Il descendit dans un hôtel proche de Park Lane, d'apparence calme et respectable, où il trouva une chambre pour la nuit à un prix raisonnable.

Comme le vice-roi lui avait conseillé de ne pas revenir aux Indes tant que la situation ne serait pas sûre, il avait retiré une importante somme d'argent en liquide de sa banque avant son départ. À l'armée, il avait pu faire quelques économies et avait judicieusement investi ses deniers dans plusieurs compagnies de Calcutta en pleine expansion, ce qui lui avait permis d'accroître sa fortune dans des proportions intéressantes.

Il avait prévu de consacrer une partie de cet argent à la restauration de sa maison. C'était une habitation relativement modeste et il pensait que le coût des travaux ne serait pas excessif. Maintenant qu'il était propriétaire de Grangemoore Hall, le problème était fort différent et les questions d'argent passaient au second plan.

Il laissa ses bagages au portier de l'hôtel et chemina vers Park Lane.

Le quartier lui rappela ses amours avec Doreen, les élans de sa jeunesse, le désespoir de la rupture. Tout cela était oublié aujourd'hui et, en passant à côté de sa maison, il se jura de ne plus jamais se laisser dévorer par la passion.

Grangemoore House était un peu plus loin. La résidence n'avait pas changé. Les volets étaient toujours fermés et le bâtiment délabré. Selon toute apparence, l'endroit était inhabité.

Michael hésita. Quelque chose lui disait qu'il y avait du louche et son expérience des services secrets l'incitait à la prudence. Ne lui avait-on pas raconté qu'il se passait des « choses bizarres » au château de Grangemoore Hall ?

Quand il souleva le heurtoir de la porte – laquelle avait besoin d'un sérieux coup de peinture –, il était décidé à mener sa petite enquête.

Il frappa. Personne ne répondit. N'y avait-il donc pas de gardien ? La maison était-elle complètement abandonnée ?

Il fit le tour de la propriété. Le jardin, devant les écuries, était envahi par les mauvaises herbes. Les seules fleurs qui subsistaient étaient des boutons-d'or et des pâquerettes.

La porte de service était derrière la maison. En sous-sol. Il fallait descendre un petit escalier pour y accéder. Les marches étaient propres et Michael aperçut une fenêtre aux rideaux ouverts. C'était bon signe.

Il frappa. Au bout d'un instant, il entendit un bruit de pas pesants. Un homme âgé, aux cheveux blancs, lui ouvrit. Probablement le gardien, songea-t-il.

– Excusez-moi de vous déranger, dit-il, mais je n'ai pas pu obtenir de réponse à la grande porte.

– Oh, désolé, monsieur, répondit l'homme. Je suis un peu dur d'oreille ces temps-ci.

– Puis-je m'entretenir quelques instants avec vous ?

– Mais bien sûr, monsieur, entrez donc.

L'homme le précéda dans un étroit couloir orné d'un tapis et l'introduisit dans une pièce meublée d'un sofa et de deux confortables fauteuils. Il y avait également une table ronde cirée et deux ou trois tableaux au mur.

– Là ! On sera à l'aise pour causer, ici, dit le vieux.

– Vous semblez bien installé, fit Michael.

– Ça va faire cinquante ans qu'on habite là, ma femme et moi, et, à nos âges, on aime avoir son petit confort.

Il y avait une pointe d'agressivité dans sa voix, et Michael en déduisit qu'il avait dû descendre les meubles d'en haut sans permission.

– Vous vous demandez sans doute quelle est la raison de ma visite, dit Michael en s'asseyant dans l'un des deux fauteuils. Eh bien, voilà, j'aimerais savoir si vous avez des nouvelles du major Michael Moore. J'étais à Oxford avec lui et j'ai lu dans le journal qu'il était devenu duc de Grangemoore.

Le vieux domestique écouta attentivement puis, se tournant vers une porte restée ouverte, cria :

– Ma ! Ma ! Viens ici !

Une minute plus tard, une femme apparut dans la pièce. Comme son mari, elle avait les cheveux blancs et une bonne soixantaine d'années. Elle s'essuya les mains sur son tablier et regarda Michael avec surprise.

– On a de la visite, Ma, dit l'homme. C'est un ami de M. Michael et il voudrait savoir si on a des renseignements, rapport à la succession.

– C'est qu'on ne nous dit rien, à nous autres, répondit la femme. D'après les journaux, il serait aux Indes. Nous, on ne le connaît pas, on ne l'a jamais vu.

– Je pensais que vous aviez peut-être eu de ses nouvelles, reprit Michael. Je suppose qu'il souhaitera se rendre sans tarder à Grangemoore Hall quand il arrivera.

– Eh ben, il peut s'attendre à avoir un choc.

– Pourquoi dites-vous cela ? demanda Michael en se penchant en avant.

– Tss tss, doucement, Ma, fit l'homme à voix basse. On ne sait rien et ça ne nous regarde pas.

– Si ce monsieur est un ami du major Moore, autant qu'on le prévienne, dit-elle.

– Le prévenir de quoi ? reprit Michael.

La femme se tourna vers son mari, qui secoua la tête.

– J'avais espéré, continua Michael, que vous m'aideriez à retrouver mon vieil ami. Je m'étais dit qu'il passerait peut-être vous voir à son retour des Indes, avant d'aller au château.

– C'est ce qu'on s'est dit aussi, mon mari et moi. Et ça vaudrait mieux pour lui. Si personne ne le prévient de ce qui se passe là-bas, il risque d'avoir une mauvaise surprise.

– Tel que je le connais, il voudra sûrement se renseigner d'abord. C'est un grand soldat, paraît-il, qui s'est taillé une solide réputation aux Indes. Maintenant qu'il est duc de Grangemoore, je suis certain qu'il voudra remettre de l'ordre dans les affaires de la famille et je suppose qu'il rouvrira cette maison pour séjourner à Londres de temps en temps.

– C'est exactement ce que j'ai dit à mon mari. Il est jeune et il n'a sûrement pas l'intention de se terrer à la campagne. Il préférera vivre dans la capitale, aller au bal et s'amuser avec les gens de son âge.

Michael sourit.

– Vous avez sans doute raison et c'est pourquoi j'aimerais le rencontrer dès son arrivée.

– Ma foi, on n'est au courant de rien.

– Enfin, s'il vient vous voir, j'espère que vous l'aiderez et que vous l'avertirez des ennuis qui l'attendent à Grangemoore. Pour autant que je sache, il n'y est jamais allé. Il a toujours habité le Worcestershire.

– D'après ce qu'on raconte, ça ne m'étonnerait point. (Elle s'assit sur une chaise en face de Michael.) Son père a été banni de la famille, rien que parce qu'il a marié la fille qu'il aimait. Vous vous rendez compte ? Le vieux duc était un méchant homme.

– Quand était-ce ?

– Oh, il y a bien des années de ça. Quand on m'en a parlé, on venait de se marier, William et moi. On a tout de suite été engagés ici. C'était autre chose, à l'époque ! J'étais cuisinière et William était maître d'hôtel. Il avait deux valets sous ses ordres et j'avais toutes les aides que je voulais à la cuisine.

– La belle vie, en somme, fit Michael. Que s'est-il passé ensuite ?

– Au début, on donnait des réceptions pour le marquis et lord Henry. (Elle gloussa.) Ils aimaient bien se payer du bon temps quand leurs femmes n'étaient pas là.

– Allons, allons, Ma, intervint le vieil homme. Attention à ce que tu dis.

– Bah, c'est si vieux, tout ça ! fit-elle. Puis, avec le temps, les réceptions se sont espacées, ils ont réduit le nombre des domestiques et on s'est retrouvés tout seuls.

– Ça a du être difficile pour vous.

– Et comment ! Mais on est restés. On continuait à recevoir nos gages régulièrement, alors on n'avait aucune raison d'aller voir ailleurs, surtout qu'on se faisait vieux.

– Pour sûr, reconnut William.

– Vous dites qu'il se passe des choses étranges à Grangemoore Hall ? fit Michael, de plus en plus intrigué.

– Je n'en sais rien au juste. Je ne fais que répéter ce que nous ont raconté les domestiques du château avec qui on a gardé des relations.

– Et que vous ont-ils raconté ? Je serais curieux de savoir ce qui se trame. Vous comprenez,

Michael est mon ami et tout cela m'inquiète un peu.

La femme regarda par-dessus son épaule, comme pour s'assurer que personne n'écoutait, et répondit :

– C'est ce M. Cyril ! Il s'est quasiment installé au château. Il y va quand ça lui chante et je vous prie de croire qu'il prend ses aises ! Ah, ça, il ne se gêne pas, je vous assure.

– Voyons, Ma ! fit le mari.

– Eh quoi ! c'est pourtant la vérité !

– Soyez assuré que tout ce que vous me dites restera entre nous, précisa Michael. Je ne trahirai pas votre confiance. Je désire seulement aider mon ami Michael.

– Eh bien, quand vous le verrez, continua-t-elle, dites-lui bien de faire attention à lui s'il va à Grangemoore.

– Je n'y manquerai pas.

– Le duc est resté dans le coma pendant toute une année avant de mourir. Mais il était encore debout quand M. Cyril s'est installé.

– Mais qui est ce Cyril ? Un parent ?

– Un cousin, je crois. Il paraît qu'il est venu au château pour remonter le moral du duc et il en a profité pour s'incruster.

– Chut ! Tais-toi, maintenant, tu en as trop dit, coupa William. Ce monsieur aimerait peut-être une tasse de thé et un morceau de ton quatre-quarts.

Michael se leva.

– Non merci, sans façon, fit-il. C'est très aimable à vous, mais je vais de ce pas à Tilbury pour voir si le bateau du major Michael est annoncé. Ah ! au fait, est-ce que par hasard vous connaîtriez le nom des notaires de Sa Grâce ? D'après le journal, ils sont à la recherche de Michael.

– En effet, répondit-il. C'est eux qui nous paient nos gages chaque mois. J'ai leur adresse quelque part.

Il sortit de la pièce. Dès qu'il eut disparu, sa femme s'approcha de Michael.

– Dites à votre ami de faire très attention à ses paroles et à ses actes, insista-t-elle. Il faudra qu'il se méfie de M. Cyril comme de la peste. On raconte qu'il a invité des gens peu recommandables au château, des gens qui n'auraient jamais pu franchir le seuil de Grangemoore Hall du vivant de Sa Grâce.

– Je lui dirai, merci du conseil. Le major n'est pas un ingrat et je suis sûr qu'il vous en sera très reconnaissant à son retour.

– Le pauvre homme ! Banni de la famille comme son père. C'est une honte, ce qu'ils ont fait à lord Charles, une honte !

– Je suis bien de votre avis.

William reparut avec un morceau de papier à la main.

– Voici l'adresse des notaires, monsieur. Ils seront peut-être en mesure de vous aider mieux que nous ne l'avons fait.

– Mais vous m'avez déjà beaucoup aidé et je vous en sais gré. Le major ne manquera pas de venir vous remercier personnellement, j'en suis convaincu.

– Dites-lui que nous avons toujours bien entretenu la maison, continua la femme. Maintenant qu'on sait qu'il va revenir, on va la briquer et elle sera de nouveau comme avant.

– Je vous fais confiance, assura Michael. Mais vous ne m'avez toujours pas donné votre nom.

– C'est vrai, répondit l'homme. J'aurais dû commencer par là. Je m'appelle Turner. Dites au major que nous sommes encore capables de le servir pendant quelques années.

– C'est promis.

Michael leur serra la main et prit congé.

En gravissant les marches de pierre, il fit un petit signe à Mme Turner, qui le regardait par la fenêtre, puis s'éloigna en méditant. Que faire ?

Une chose était certaine : il y avait de l'électricité dans l'air à Grangemoore Hall. Et les Turner avaient peur. Les confidences de la vieille domestique avaient visiblement inquiété son mari, qui semblait redouter des représailles. Bizarre... Comment pouvaient-ils craindre un homme qui vivait à des dizaines de kilomètres de chez eux, un homme qui ne venait apparemment jamais à Londres ?

« Il y a décidément du louche dans tout cela, songea-t-il, et je veux en avoir le cœur net. »

En arrivant à son hôtel, il décida d'attendre encore avant de contacter les notaires. Ceux-ci n'étaient peut-être pas tout blancs dans cette affaire et, s'ils trempaient dans quelque opération malhonnête, ils tenteraient sûrement de déformer la vérité.

Il prit le parti de mettre à profit les techniques d'investigation qu'il avait apprises aux Indes. Il se rendrait à Grangemoore Hall sous une fausse identité. C'était le meilleur moyen de prendre la mesure de la situation sans éveiller les soupçons.

Les propos de Mme Turner ne faisaient que confirmer les dires du mystérieux interlocuteur qui l'avait mis en garde à Calcutta. Michael était prévenu, et ce n'était pas un homme qu'on pouvait berner facilement.

Ses bagages étaient encore dans le hall de l'hôtel.

– Déjà de retour, monsieur ? lui dit le portier.

– Oui, comme vous le voyez, répondit-il. Malheureusement, il faut que je parte immédiatement pour la campagne.

– Oh, quel dommage !

– Mais vous allez peut-être pouvoir me rendre service. J'aurais besoin de louer une voiture avec un ou deux excellents chevaux. Avez-vous une adresse à me conseiller ?

– Bien sûr, monsieur. Le meilleur loueur de la ville est établi tout près d'ici, à Piccadilly. Vous n'avez que deux rues à traverser. Je suis sûr qu'ils auront ce qu'il vous faut.

– Merci beaucoup. J'y vais tout de suite. Je leur dirai que je viens de votre part.

Michael n'eut aucun mal à trouver l'écurie en question. Il demanda aussitôt à voir un responsable. Comme le propriétaire et le gérant étaient un seul et même homme, il fut immédiatement conduit dans son bureau.

Il était habitué à mener les affaires promptement et il obtint exactement ce qu'il voulait en un minimum de temps. Il proposa au gérant de lui verser une grosse somme d'argent tout de suite, de manière à se réserver la possibilité de garder définitivement les chevaux et la voiture si ceux-ci lui convenaient. Cet argent servirait de caution et, s'il décidait finalement de lui rendre l'attelage, il ne paierait que la location.

Par chance, Michael avait suffisamment de liquide sur lui, ce qui lui permettait de régler la note sans avoir à donner son vrai nom. Il pouvait ainsi rester Martin Morris.

Il signa les formulaires d'usage et alla inspecter les chevaux.

Il en remarqua deux qu'il trouva superbes. Ils avaient été récemment acquis par le propriétaire, qui hésitait à s'en séparer. Michael le persuada tout de même de les lui céder et choisit la plus belle voiture disponible. Le marché fut conclu.

Il demanda alors que l'attelage lui fût livré dans trois quarts d'heure à son hôtel.

– Je vais juste prendre le temps de déjeuner et je partirai tout de suite après pour la campagne, expliqua-t-il.

– Ce sont mes meilleurs chevaux et ma meilleure voiture que vous me prenez là, monsieur, dit le propriétaire avec nostalgie. Je n'avais pas prévu de m'en défaire si tôt. Ils vont me manquer.

Il était difficile de résister au pouvoir de persuasion de Michael.

– Je vous promets que vous ne le regretterez pas, répondit-il avec un sourire.

Il fit un excellent repas à l'hôtel, donna un gros pourboire au portier, qui arrima solidement ses bagages à l'arrière de la voiture, et prit la route.

En remontant Park Lane, il jeta un œil à Grangemoore House et se dit que les Turner lui avaient été très utiles. « Je ferai redécorer la maison, songea-t-il. Turner reprendra ses fonctions de maître d'hôtel et sa femme aura toute l'aide qu'elle désire à la cuisine. »

Mais une petite voix intérieure le rappela à la prudence. Il ne fallait pas vendre la peau de l'ours avant de l'avoir tué. Il lui restait de sérieux problèmes à régler avant de devenir officiellement le 5e duc de Grangemoore. Mais cela ne lui faisait pas peur. Il en avait vu d'autres et, si quelques mauvais drôles voulaient lui chercher noise, ils trouveraient à qui parler !

Il avait toujours aimé relever les défis. Toute sa vie avait été un défi depuis qu'il avait quitté l'Angleterre, six ans plus tôt. Lui qui craignait de s'ennuyer à son retour au pays, il était servi ! « Il va y avoir de l'action, se dit-il. Tant mieux ! »

Un magnifique soleil brillait au-dessus de la capitale. Il y avait beaucoup de circulation et il eut quelque mal à atteindre les faubourgs, mais bientôt une luxuriante campagne le salua.

Les paysages anglais le changeaient des plaines torrides des Indes. Les arbres, les haies, les champs, la verdure, quelle beauté ! Il y avait une éternité qu'il n'avait plus vu de violettes ni de primevères. Le spectacle de la nature lui fouetta le sang. Il était anglais, c'était sa patrie, c'était ici qu'il avait grandi.

Il avalait les kilomètres. Il avait acheté une carte avant de partir et il était sûr de sa route. « Dans une heure ou deux, je m'arrêterai dans une petite auberge de village où je pourrai passer la nuit. Les chevaux ont grandement mérité un peu de repos. »

La campagne qu'il traversait était peu habitée. Il y avait surtout des bois, qui devaient appartenir à de riches propriétaires fonciers, et des prairies sillonnées de ruisseaux, où paissaient des vaches et des moutons.

Les routes devenaient étroites et cahoteuses par endroits. Tout était calme et le fond de l'air était doux. Rien à voir avec le soleil de plomb qui embrasait les Indes.

Michael suivait à présent une route droite, à peine plus large qu'un chemin vicinal. Tout à coup, il aperçut une silhouette plantée au milieu de la chaussée, à quelque distance devant lui.

En approchant, il vit que c'était une femme. Elle lui faisait signe de s'arrêter en levant les bras. Il ralentit et fit halte juste devant elle.

Elle contourna les chevaux et vint vers lui. Elle était svelte, jeune et très jolie.

– S'il vous plaît, implora-t-elle d'une voix hésitante, s'il vous plaît… emmenez-moi avec vous. Je vous en supplie, c'est… très important.

Michael la regarda avec surprise.

– Où voulez-vous aller ? demanda-t-il. Je suis pressé.

– N'importe où. Je vous en supplie, emmenez-moi.

– Je veux bien vous rendre service, mais dites-moi d'abord où vous voulez aller.

– Ça m'est égal. Loin d'ici... vite ! Il ne faut pas qu'ils... qu'ils me rattrapent.

Il y avait dans sa voix des accents de terreur qui ne trompaient pas. Elle regarda furtivement par-dessus son épaule, vers une grande grille en fer flanquée de deux pavillons.

– Je vous en prie... aidez-moi. Vous êtes... mon dernier espoir.

– D'accord, montez.

Elle portait un gros balluchon, qu'elle jeta sur le plancher de la voiture avant de grimper sur le siège. Dès qu'elle fut assise, elle se plia en deux et enfouit son visage dans ses mains. Michael comprit qu'elle essayait de se rendre invisible et, en homme habitué aux missions secrètes, il jeta sur elle une couverture qu'il avait à portée de main, pour la dissimuler aux regards.

En passant à côté de la grille, il vit deux hommes sortir en courant. Le premier scruta la route, le second observa Michael un instant puis détourna les yeux.

Michael continua son chemin, sans commettre l'erreur d'accélérer. Au bout d'un kilomètre, il se tourna vers la jeune fille en disant :

– Je crois que vous êtes en sécurité, maintenant. Il n'y a personne à l'horizon.

Elle retira la couverture. C'était l'une des plus jolies jeunes femmes qu'il eut jamais rencontrées, mais ses yeux étaient remplis d'effroi.

– Est-ce que... quelqu'un a vu que j'étais à côté de vous ? demanda-t-elle d'une voix tremblante.

– Deux hommes nous ont regardés passer devant un grand portail. Ils avaient couru. Mais ils n'ont pas pu remarquer votre présence à côté de moi.

Elle poussa un soupir de soulagement.

– Oh, merci, merci. Si vous ne m'aviez pas porté secours, ils... ils m'auraient reprise.

– Vous n'avez plus rien à craindre pour le moment, dit-il avec calme. Alors, mettez-vous à l'aise et racontez-moi tout.

– Heureusement que vous avez eu le réflexe de... jeter cette couverture sur moi. Ils ne pouvaient pas me voir à travers.

– En effet. Ou alors, ce sont des extra-lucides.

Elle eut un petit rire timide et plia la couverture sur ses jambes. Puis, il la vit joindre les mains. Comme elle gardait le silence, il l'interrogea du regard.

– Je disais une prière, fit-elle, pour... remercier Dieu de... vous avoir mis sur ma route.

3

– J'attends toujours vos explications, dit Michael au bout d'un instant. Pourquoi vous êtes-vous enfuie ?

La jeune fille frissonna, puis répondit d'une petite voix effrayée :

– Il le fallait… Je n'avais pas le choix. J'ai prié… prié… pour trouver une solution et je suis sûre que papa m'a entendue, au Ciel. C'est lui qui m'a conseillé de m'enfuir.

– Votre père est mort ?

Elle acquiesça.

– Oui, depuis près d'un an déjà. Et maintenant je suis seule avec ma… belle-mère.

À la façon dont elle prononça ce mot, Michael comprit que le nœud du problème se trouvait là. Les marâtres étaient souvent de méchantes femmes. Et, apparemment, celle-ci ne faisait pas exception à la règle.

– Que vous a-t-elle fait ? demanda-t-il.

– Elle... veut me forcer à épouser un homme vieux et laid. Il est cruel avec ses chevaux et ses chiens et... je ne peux pas supporter sa présence.

– Vous devez bien avoir d'autres parents susceptibles de vous aider, non ?

– Belle-maman est... ma tutrice légale. Elle ne cesse de me répéter que je dois lui obéir.

– Hum, je crois que je vois votre problème. Mais, maintenant que vous vous êtes enfuie, où irez-vous et qui va vous cacher ?

La jeune fille resta muette et Michael crut qu'elle refusait de lui répondre. Elle finit cependant par lui dire :

– Papa a une sœur... qui vit dans le Northumberland. Je pourrais peut-être... aller chez elle mais... je n'ai pas d'argent.

– Pas d'argent ! s'exclama Michael. Et comment comptez-vous vous débrouiller dans ces conditions ?

– Je ne sais pas. J'ai été prise de panique quand belle-maman m'a dit qu'il allait venir cet après-midi et que... je devrais être gentille avec lui et le laisser... m'embrasser.

Michael vit tout de suite que sa détresse était sincère et qu'elle n'essayait pas de lui jouer la comédie pour l'attendrir. Ce n'était qu'une enfant et il comprenait son émotion.

– Je possède quelques bijoux qui me viennent de maman, murmura-t-elle. Je les ai avec moi et... je pourrai toujours les vendre.

– Si vous voyagez seule, vous risquez fort de vous les faire voler. Le Northumberland n'est pas la porte à coté et vous courez de réels dangers.

Il ralentit ses chevaux et reprit :

– Il n'est pas trop tard pour faire demi-tour. Je pourrais peut-être aller parler à votre belle-mère et la convaincre de...

– Oh, non, non, surtout pas ! Elle ne vous écouterait pas et... je crois qu'elle est déjà arrivée à un arrangement avec l'homme qu'elle veut me faire épouser.

– Un arrangement ?

– Elle a été furieuse lors de la lecture du testament de papa... parce qu'il m'a légué sa maison et tout son argent. Je pense qu'il avait compris... quel genre de femme c'était, après son mariage.

– Si vous me racontiez tout depuis le début. Je trouverai peut-être un moyen de vous aider. (Il sourit.) Ce ne sera pas la première fois que je réglerai les problèmes des autres. Il y a toujours une solution.

– Puissiez-vous dire vrai ! Hélas, j'ai retourné cent fois la question dans ma tête et... ma seule chance de salut est de m'échapper.

Michael devina qu'elle était au bord des larmes.

– Ne soyez pas si pessimiste, on ne sait jamais. Dites-moi déjà votre nom.

– Adela. Je préfère ne pas vous donner mon nom de famille. Comme ça, si jamais on vous interroge, vous pourrez dire sans mentir que vous ne savez pas qui je suis.

Michael n'insista pas. Puisqu'elle voulait rester anonyme, cela la regardait.

– Et moi, je m'appelle Martin, dit-il. Maintenant, les présentations sont faites.

– C'est une étrange façon de faire connaissance mais, je ne sais pas, j'ai l'impression que vous m'avez été envoyé par le Ciel… exactement au bon moment.

Michael rit.

– On ne m'avait encore jamais pris pour un archange, mais je considère ça comme un compliment.

– Vous auriez pu dire non et me laisser sur le bas-côté de la route. Ils m'auraient… rattrapée et, à moins de me tuer, j'aurais été obligée d'épouser ce… ce monstre.

– Pour l'instant, il ne peut plus vous atteindre. Alors, racontez-moi votre histoire.

– Papa était… terriblement abattu quand maman est morte, mais il m'emmenait toujours partout avec lui et nous étions heureux ensemble.

– Et que s'est-il passé ?

– Il y a neuf mois, il m'a dit qu'il allait à Paris, mais je ne pouvais pas l'accompagner parce que des amis du voisinage donnaient une réception en mon honneur. (Elle soupira.) J'aurais préféré aller avec lui, je me moquais bien de cette réception, mais… il m'a dit que ce serait impoli et il a insisté pour partir seul. À son retour, il était marié avec belle-maman. Il ne m'a jamais donné de détails, mais je crois qu'il l'a épousée dans des circonstances suspectes.

– Qu'est-ce qui vous fait penser cela ?

– Eh bien, il m'a dit : « Je n'ai pas oublié ta mère, que j'ai toujours aimée de toutes mes forces, et je ne voulais pas que les choses évoluent ainsi. Il faut que tu me pardonnes, ce n'était pas vraiment de mon fait. »

– Qu'entendait-il par là, d'après vous ?

– Je suis convaincue que belle-maman l'a piégé. D'ailleurs, quand il est mort, elle est entrée dans une rage folle parce qu'il n'était pas aussi riche qu'elle l'avait cru et qu'il... avait fait de moi sa seule héritière. Elle peut tout garder si ça lui chante... du moment qu'elle ne me force pas à épouser ce... cet horrible individu.

– Pourquoi tient-elle tant à ce mariage ? Ce ne sont pas les hommes qui manquent et vous êtes très jolie, Adela.

– Papa me le disait souvent, parce que je ressemble à maman. Mais, comme je portais le deuil, je n'ai pas pu fréquenter grand monde. Je ne voyais que les gens que belle-maman invitait. Je ne leur prêtais guère attention, jusqu'au jour où cet homme est arrivé. Il chuchotait toujours à l'oreille de belle-maman en me... regardant d'une façon... qui me faisait peur.

Elle tremblait et se retourna pour s'assurer que personne ne la suivait.

– Bref, vous vous êtes enfuie et votre problème est désormais de trouver un endroit pour vous cacher et une personne susceptible de tenir tête à votre marâtre.

– Oui, mais je ne vois pas qui.

– Votre père et votre mère devaient bien avoir des amis dans le voisinage.

– Ils voyageaient beaucoup à l'étranger et, quand ils rentraient, ils préféraient rester seuls avec moi.

– À l'étranger ? Pourquoi ?

Elle hésita avant de répondre.

– Papa disait toujours qu'il exerçait la profession de mineur.

– De mineur ? Dans les mines de charbon ?

Adela poussa un petit rire.

– Non, en fait, il était chercheur d'or et de pierres précieuses.

Michael dissimula sa surprise.

– Il avait un don exceptionnel pour trouver des filons. Sa réputation était telle que tous les prospecteurs voulaient l'employer.

– Tiens donc. Et vous dites que vous le suiviez toujours partout ?

– Bien sûr. Papa n'allait nulle part sans maman, et maman n'allait nulle part sans moi. C'est ainsi que j'ai pu visiter toutes sortes d'endroits étranges.

Michael était de plus en plus intéressé.

– Mais encore ?

– Papa avait déjà découvert de nombreux minerais quand il était jeune homme. Il a trouvé de l'aluminium en Azerbaïdjan et d'importants gisements en Ukraine. Il n'était pas marié à l'époque.

– Et quoi d'autre ?

– De l'or, dans le Caucase. Et des émeraudes dans les monts Oural.

Michael était stupéfait. Il était bien placé pour savoir que les Russes étaient devenus les principaux producteurs d'or au monde après la conquête du Caucase, puisque c'est à partir de cette époque qu'ils avaient commencé à avoir des visées sur les Indes. C'était justement l'or du Caucase qui leur permettait de financer les expéditions cosaques destinées à ébranler l'empire colonial britannique.

– Vous avez parlé d'émeraudes, reprit-il. Vous étiez avec votre père quand il les a découvertes ?

– Bien sûr. C'était une formidable aventure parce que personne ne se doutait qu'il y avait des émeraudes dans l'Oural.

– Dois-je comprendre que vous êtes allée dans l'Oural ? demanda-t-il, au comble de l'étonnement.

– Oui, c'était un long et pénible voyage. Il faisait très froid , mais nous ne nous en plaignions pas. Au contraire, nous nous réjouissions des succès de papa.

– Parlez-moi encore des travaux de votre père. Est-ce qu'on le payait pour toutes ces découvertes ?

Adela hésita un instant.

– Au début, il choisissait surtout des endroits qu'il avait envie de visiter. Puis, quand il sentait la présence d'un minerai de valeur, il indiquait aux gens du cru les sites où il fallait creuser.

– Et quand il avait deviné juste, que recevait-il ?

– Oh, il devenait une sorte de héros local et on lui offrait des cadeaux de grande valeur.

– Est-ce que les Russes lui ont demandé de prospecter dans le Caucase ?

– Oui. Quand papa a reçu la lettre, je m'en souviens, il a dit que ce serait très plaisant d'aller en Russie, parce qu'il serait présenté au tsar.

– Vous l'avez accompagné ?

– Je suis allée à Saint-Pétersbourg avec maman. C'était magnifique et, en même temps, un peu effrayant.

– Pourquoi ?

– Les Russes ont quelque chose de cruel que je n'ai ressenti dans aucun autre pays. On a l'impression qu'ils se méfient de tout le monde.

Michael comprenait très bien ce qu'elle voulait dire et trouvait sa remarque excellente. Mais l'idée qu'une personne aussi jeune et aussi charmante ait pu être embarquée dans une telle expédition le stupéfiait.

La prospection était un travail réservé à quelques hommes soigneusement sélectionnés. Le père d'Adela avait dû être quelqu'un de très fort. Et il fallait qu'il disposât d'une certaine fortune, car les déplacements nécessités par sa profession n'étaient pas à la portée de toutes les bourses.

Mais tout cela ne réglait pas le problème d'Adela. Qu'allait-il faire d'elle ?

Ce fut justement la question qu'elle lui posa :

– Où allez-vous et… où pourrais-je dormir, cette nuit ?

– C'est ce que j'étais en train de me demander, répondit-il. J'ai encore une longue route devant moi, mais il faut que je m'occupe de vous sans tarder.

– Je ne veux surtout pas être une gêne pour vous, fit-elle d'une petite voix. Seulement, je ne voudrais pas non plus que belle-maman me retrouve.

– Vous pensez qu'elle va envoyer des domestiques à votre recherche ?

– C'est certain. Vous avez dit vous-même que vous aviez vu deux hommes sortir en courant.

Il était hors de question pour Michael de l'abandonner sur le bas-côté de la route dans l'état de panique où elle se trouvait. Il fallait qu'il la conduisît dans un endroit sûr.

– Vous croyez que ces hommes, et d'autres peut-être, vont ratisser la région pour vous retrouver ?

– Quand belle-maman a pris une décision, rien ne peut l'en faire changer. Et elle tient absolument à ce que j'épouse cet homme… que j'appellerai Hector. Il me fera rechercher, lui aussi.

– Je suppose qu'il est assez riche pour avoir des serviteurs et des chevaux.

– Oh, oui, et il est prêt à tout pour parvenir à ses fins. (Elle lui prit le bras et il sentit sa main trembler.) S'il vous plaît, emmenez-moi le plus loin possible. Je me cacherai dans un bois pour la nuit.

– Vous n'y pensez pas. Cela vous permettrait peut-être d'échapper à vos poursuivants, mais vous seriez à la merci des bandits.

Elle poussa un cri d'horreur.

– Je n'y avais pas songé ! Oh, je vous en prie, trouvez-moi une cachette.

– Vous imaginez bien que je ne vais pas vous abandonner.

– C'est vrai ? Vous… voulez bien m'aider ?

– Bien sûr. Le tout est de savoir comment. Si nous descendions ensemble dans une auberge, il faudrait que vous vous fassiez passer pour ma sœur.

Il lui était en effet impossible d'arriver quelque part avec une aussi jolie jeune femme à son bras sans susciter des ragots. Partout où ils s'arrêteraient, on jaserait dans leur dos.

Adela réfléchit, puis répondit :

– Ce serait une bonne idée et je vous en serais très reconnaissante. Aux yeux des gens, cela expliquerait pourquoi je voyage avec vous… sans chaperon.

– En effet.

– Ô Martin, comment vous remercier ? Je ferai tout ce que vous me demanderez.

Michael se dit que ce n'était pas le genre de remarque à faire à un homme qu'elle ne connaissait pas. Cela prouvait seulement à quel point elle était restée innocente. Certes, elle avait voyagé en Russie, mais toujours en compagnie de son père et de sa mère, et elle ne se doutait pas des pièges et des dangers qui pouvaient menacer une femme seule.

– Eh bien, c'est entendu, fit-il. Vous êtes ma sœur et nous nous appelons Morris.

– Vous pensez que nous allons devoir nous arrêter pour la nuit ?

– Les chevaux ont besoin de repos et je présume que vous ne tarderez pas à avoir une petite faim.

– C'est vrai, avoua-t-elle. Quand belle-maman m'a appris que… Héctor allait venir me voir à trois heures, je n'ai rien pu avaler.

– Vous êtes partie en catastrophe, on dirait.

– Oh, oui ! au dernier moment. Si j'avais su la veille ce qui allait se passer, j'aurais pris le temps de réunir les affaires dont j'avais besoin. Malheureusement, j'ai seulement pu emballer à la va-vite ce qui me tombait sous la main, dans le sac d'une servante.

– Au moins vous avez quelques vêtements. Sans quoi, vous auriez été obligée de porter les miens.

Elle pouffa.

– Vous croyez que je pourrais mystifier les hommes de main d'Hector si je m'habillais comme vous ?

– Il m'étonnerait fort qu'on puisse vous prendre pour un garçon.

– Ce serait pourtant une idée, suggéra Adela.

– Je ne trouve pas. Ce n'est pas si facile de se déguiser. Il ne suffit pas de porter le costume du rôle, il faut entrer dans la peau du personnage jusqu'à se persuader soi-même qu'on est le personnage qu'on veut incarner.

Il avait parlé sans réfléchir. Adela se tourna vers lui, intriguée.

– Vous semblez connaître la question. Il vous est déjà arrivé de vous déguiser pour échapper à un ennemi ?

Elle était plus perspicace qu'il ne l'eût cru. Et il préférait rester circonspect en ce qui concernait ses activités passées.

– Je ne fais que répéter ce que disait notre professeur de littérature quand nous montions des pièces de théâtre au collège. L'expérience aurait été beaucoup plus amusante s'il ne nous avait pas obligés à parler latin ou quelque langue étrangère.

Elle rit.

– Les écoliers se plaignent toujours ! Personnellement, j'aime beaucoup l'étude des langues. J'en ai appris plusieurs au cours de mes voyages avec papa et les gens semblaient toujours surpris de m'entendre m'exprimer comme eux.

Michael avait lui-même appris toutes sortes de dialectes indiens. Cela lui était indispensable s'il voulait comprendre ce qui se disait lors de ses missions de renseignement dans le Grand Jeu.

Quelques kilomètres plus loin, ils entrèrent dans un petit village, que Michael avait préalablement repéré sur la carte.

Une charmante auberge se dressait au milieu d'un pré, devant une mare aux canards, au centre du village. Il y avait quelques maisonnettes tout autour et l'endroit semblait calme.

Michael se dit qu'Adela ne risquait guère d'être reconnue si loin de chez elle. Il fit tourner ses chevaux.

– Nous descendons ici ? demanda-t-elle.

– Ça m'a l'air tranquille, répondit-il. Espérons que l'intérieur est aussi propret que l'extérieur.

– C'est ravissant.

L'auberge s'appelait *Fox & Goose*. En conduisant l'attelage dans la cour, Michael se dit qu'il avait fait un bon choix. Les écuries, que lui montra un palefrenier, étaient prêtes pour accueillir ses chevaux. Il y avait de la paille fraîche, un seau d'eau et une mangeoire pleine dans chaque stalle.

Michael laissa le palefrenier dételer et entra dans l'auberge avec Adela.

Un homme vieillissant les salua poliment.

– Pouvons-nous passer la nuit ici, ma sœur et moi ? demanda Michael. Nous avons une longue route à faire demain et nos chevaux ont besoin de repos.

– Nous ferons de notre mieux pour vous satisfaire, monsieur, répondit l'aubergiste.

Il appela son épouse, et une petite bonne femme grassouillette accourut pour conduire Adela à l'étage.

Il n'y avait que trois chambres, mais elles étaient toutes libres. Adela insista pour que son frère eût la plus grande, celle avec un lit à colonnes, et choisit la plus petite pour elle-même.

– Je serai très bien ici, dit-elle à la femme.

– Je suppose que vous avez faim, mademoiselle. Je vais voir si je peux vous préparer quelque chose.

– Oh, merci beaucoup, nous sommes affamés.

Restée seule, Adela se mit à déballer son balluchon. Dans sa précipitation, elle n'avait emporté que deux robes de mousseline blanche, très simples, sachant d'expérience qu'elles ne se froissaient pas. Elle avait ajouté une chemise de nuit, un léger châle, quelques dessous et les bijoux de sa mère enveloppés dans un foulard.

C'était tout. Mais cela lui suffirait pour ce soir. L'une des deux robes avait une ceinture bleue ; elle mettrait celle là.

Quand elle entendit Michael monter dans la chambre voisine, elle poussa un soupir de soulagement. Malgré ce qu'il lui avait promis, elle avait craint un instant qu'il ne la laissât en plan.

– Merci, merci, mon Dieu, de me l'avoir envoyé, murmura-t-elle en s'habillant.

Le dîner fut servi dans une petite pièce qui ne comptait que trois tables. Ils étaient les seuls convives. Quelques villageois buvaient un verre dehors en parlant haut et fort, mais Adela les entendait à peine, tout accaparée par ce que lui disait Michael.

Quand il était allé la chercher dans sa chambre, il avait été ébloui par sa beauté. Elle semblait encore plus jeune qu'il ne l'avait pensé. Il était difficile de croire, en la regardant, qu'elle était en âge de se marier et fuyait un prétendant indésirable.

– Quel âge avez-vous ? lui demanda-t-il quand ils furent assis.

– Ce n'est pas une question à poser à une dame, fit-elle avec coquetterie.

– Vous n'êtes pas une dame, vous êtes ma sœur ! répondit-il.

Ils éclatèrent de rire.

– J'ai dix-huit ans et trois mois, si vous tenez à le savoir.

– Vous avez l'air plus jeune et je commence à me demander si vous ne m'avez pas raconté des histoires.

– Je vous jure que je ne mens jamais. Je me sens moi-même très jeune en ce moment, vous savez, je suis complètement désemparée et je n'ai pas les idées très claires.

– Ne vous inquiétez pas, je réfléchirai pour deux, et je finirai par trouver la solution à votre problème.

– Vous en savez beaucoup sur moi, à présent, mais vous ne m'avez encore rien dit de vous.

Michael hésita, puis répondit :

– Vous avez vos secrets et j'ai les miens. Ce n'est pas que je me méfie de vous mais, moi aussi, je me cache, comme vous.

Elle ouvrit de grands yeux.

– Vous vous cachez ? Mais pourquoi ?

– Je préfère ne pas vous en parler pour le moment. Nous sommes tous deux dans le même bateau et nous devons rester prudents.

– Vous avez raison, je ne veux pas être une gêne pour vous. Dites-moi exactement ce que je dois faire, pour que je ne commette pas de bévue.

Michael songea qu'il était désormais obligé de l'emmener avec lui à Grangemoore. Il n'avait plus le choix. Il ne pouvait décemment pas l'abandonner à elle-même : elle était bien trop jolie et trop vulnérable. S'il devait lui arriver malheur, il ne se le pardonnerait jamais.

– Je ne sais pas ce que l'avenir me réserve, fit-il, mais je vais vous emmener avec moi. Nous risquons de rencontrer un certain nombre de difficultés, je vous préviens tout de suite.

– Ça ne me fait pas peur… du moment que je suis avec vous. Je sais que vous me protégerez. (Elle tendit une main vers lui.) Comment vous exprimer ma gratitude ?

Il ne répondit pas parce que la femme de l'aubergiste venait d'entrer avec une énorme soupière.

Le potage était brûlant et délicieux. Michael et Adela lui firent honneur.

Il y eut ensuite un civet de lapin avec des légumes du jardin, puis des fraises, les premières de la saison. Michael avait commandé un vin blanc qu'il trouva fort honnête, tout en se disant avec un petit sourire que le vice-roi l'eût jugé imbuvable.

– J'ai beaucoup apprécié ce dîner, fit Adela quand ils eurent fini. Merci infiniment de m'avoir invitée à votre table.

– Peut-être qu'un jour j'aurai l'occasion de vous inviter dans un endroit plus chic.

Michael fut lui-même surpris de s'entendre prononcer ces mots. Était-il possible, se demanda-t-il, qu'il eût l'intention de revoir cette jeune fille qui était entrée dans sa vie de façon si inattendue ?

Ils avaient parlé de différents sujets au cours du repas et Michael s'était surpris à rire. Évidemment, Adela ne pratiquait pas le sous-entendu comme les mondaines qu'il avait courtisées aux Indes, notamment chez le vice-roi où il avait vu défiler la crème de la société londonienne, mais elle avait fait preuve de beaucoup d'esprit, à sa manière, et sa conversation était des plus attrayantes.

« On ne rencontre pas tous les jours une jeune fille comme elle, se dit-il. Il va falloir que je sois très prudent. »

En la raccompagnant jusqu'à sa chambre, il lui recommanda de fermer la porte à clé et la quitta avec un petit sourire aux lèvres.

Il ne se reconnaissait pas lui-même. Depuis qu'il avait l'âge d'homme, c'était bien la première fois qu'il escortait une femme aussi jolie jusqu'à son lit sans l'embrasser. S'il avait dit cela à ses compagnons de régiment, aucun d'eux ne l'aurait cru.

Il était convaincu qu'Adela n'avait jamais été embrassée. Malgré tous ses voyages, elle était restée très innocente.

Elle n'avait jamais été présentée à la reine Victoria au Bal des débutantes et n'avait même probablement jamais mis les pieds à Londres, sauf pour prendre le train.

D'après ce qu'elle lui avait dit, il supposait que son père était un nobliau campagnard avec un arbre généalogique honorable mais sans inclination pour les mondanités.

« Prudence, se répéta-t-il en se couchant. Il ne faut pas qu'elle tombe amoureuse de moi. »

Il savait fort bien que les femmes le trouvaient irrésistible, tant pour son physique que pour son intelligence. Il n'avait qu'à lever le petit doigt pour qu'elles se jettent dans ses bras.

Puis, il songea qu'il était beaucoup plus âgé qu'elle. Adela devait le considérer comme un grand frère, sans plus.

« Dès que je serai officiellement duc de Grangemoore, je trouverai quelqu'un à qui la confier, qui la protégera de sa belle-mère. »

Il s'endormit en rêvant qu'il roulait à tombeau ouvert sur une grande route, en fouettant ses chevaux pour forcer l'allure. Il était poursuivi. Une terrible menace était à ses trousses. Au moment où il se crut perdu, il se réveilla.

– Ça, par exemple, dit-il tout haut. Qu'est-ce qui me prend d'avoir des rêves pareils ?

Il consulta sa montre, sur la table de chevet. Il était presque sept heures.

Et il avait encore un long chemin à faire.

Il n'avait aucune envie d'arriver à Grangemoore Hall à la tombée de la nuit.

Il ne savait pas encore exactement comment il allait opérer. Il lui faudrait trouver un moyen d'entrer dans les lieux incognito. C'était la meilleure tactique à adopter.

Il improviserait.

D'un côté, la présence d'Adela était un handicap. Elle risquait de le gêner dans ses entreprises. Mais, d'un autre côté, elle pouvait lui faciliter la tâche : elle l'aiderait à dissimuler son identité.

Personne, en effet, ne s'attendait à voir le 5e duc de Grangemoore arriver avec une jeune femme.

« Au fond, se dit-il, elle est peut-être un don du ciel. »

4

Michael et Adela partirent de bonne heure après un excellent breakfast.

D'après ses calculs, il estima qu'ils seraient proches de Little Morley, le lieu-dit où était situé le château, peu après le déjeuner. Les heures passant, il se mit à chercher une petite auberge où ils pourraient prendre un repas sur le pouce.

Il ne tarda pas à la trouver, dans un village à proximité de Little Morley.

– Nous allons déjeuner ici, dit-il.

– Excellente idée.

Elle ne savait toujours pas où ils allaient et craignait confusément que Michael ne l'abandonnât quand il arriverait à destination.

« Comment puis-je le persuader de me garder avec lui ? » se demandait-elle, sans parvenir à une réponse.

L'auberge qu'il avait choisie était modeste et assez semblable à celle où ils avaient passé la nuit. Mais le tenancier était plus vieux et sa femme extrêmement réservée. Elle ne leur adressa pas la parole.

Deux tables étaient dressées dans une toute petite salle. Michael constata avec soulagement qu'ils étaient les seuls clients, car il commençait à redouter que quelqu'un ne le reconnût. Certes, personne ne l'avait jamais vu, mais il se dit qu'il avait sûrement un air de famille qui permettrait aux gens les plus observateurs de faire le rapprochement avec les Moore.

Le repas ne fut pas une merveille gastronomique : un peu de jambon froid, quelques légumes et du fromage. Heureusement, le pain et le beurre étaient frais, et ils purent déguster un délicieux cidre du pays.

Quand ils eurent fini, Adela monta faire un brin de toilette avant de reprendre la route.

Michael en profita pour aller interroger le tenancier, qui lavait des verres au bar.

– Je crois que nous sommes près de Grangemoore Hall, dit-il d'un air détaché. On raconte que c'est un château magnifique. Est-ce que les touristes peuvent le visiter ?

– Ça m'étonnerait bien, monsieur. Il y a du grabuge au domaine.

– Du grabuge ? Allons bon, que se passe-t-il ?

– Pour commencer, ils sont incapables de garder leurs domestiques. Le maître d'hôtel, qui travaillait là depuis des années, est passé ici pas plus tard qu'hier en disant qu'il démissionnait parce qu'il ne supportait plus la situation.

– Vraiment ?

– Oh ! on en raconte des vertes et des pas mûres sur le château, sauf votre respect. Certains disent que ces messieurs boivent trop, d'autres qu'ils ont une conduite choquante.

– Ça me paraît bizarre…

– Oh ! moi, ce qu'en j'en dis, vous savez… Je ne fais que répéter les paroles du maître d'hôtel. Il préfère encore travailler à l'usine, qu'il a dit.

– À l'usine ? Eh bien, en effet, ça ne devait pas être drôle tous les jours. Je le plains.

– C'est pas le premier qui rend son tablier. Et sûrement pas le dernier ! Tout ça, c'est à cause de ce gandin qui a pris la place de feu M. le duc. Il en fait de belles, paraît-il.

– Donc, vous pensez que je n'ai aucune chance de visiter les lieux, même en y mettant le prix ?

– Aucune ! Vous vous feriez jeter comme un malpropre ! Mais vous pouvez toujours essayer, si ça vous chante.

– Oh, non, merci bien, vous m'en avez ôté l'envie, fit Michael en riant.

Il paya l'addition, puis alla récupérer sa voiture dans la cour.

Ils reprirent la route en silence. Intriguée par son mutisme, Adela lui demanda avec anxiété :

– Quelque chose vous a… contrarié ?

Michael arrêta les chevaux.

– Nous sommes face à un problème, dit-il. Réfléchissez bien à ce que vous allez me répondre.

– Je vous écoute.

– Voici ce que je vous propose. Vous avez le choix. Soit, je vous conduis à la gare la plus proche et je vous donne l'argent de votre billet de train pour rejoindre votre tante dans le Northumberland. (Il vit Adela pâlir.) Soit, je vous emmène avec moi, mais autant vous prévenir tout de suite : je vais essayer de me faire engager comme maître d'hôtel à Grangemoore Hall.

Elle ouvrit de grands yeux.

– Maître d'hôtel ? Mais vous êtes un gentleman ! Vous ne pouvez pas... travailler comme domestique !

– Ça me regarde, répondit-il évasivement. Si vous m'accompagnez, vous devrez jouer le jeu et faire comme si j'avais exercé ce métier toute ma vie. Alors, réfléchissez bien. Si vous voulez prendre le train...

– Non ! non, je... je préfère rester avec vous. Je vous en supplie, Martin, ne me renvoyez pas. Je ne me sens en sécurité qu'avec vous.

– Fort bien, fit-il en souriant. Mais vous devrez m'aider et surveiller vos paroles.

– Je ferai tout ce que vous voudrez.

– D'abord, je vais vous demander de tenir les chevaux un instant. J'ai quelque chose à prendre dans mes bagages.

Il descendit, laissant les rênes à Adela, et ouvrit l'une de ses valises, dans laquelle se trouvait un petit coffret fermé à clé contenant ses papiers, son vrai passeport et d'autres documents importants, ainsi qu'un encrier, une plume et quelques feuilles de papier à lettres à l'en-tête du vice-roi.

Il s'assit à l'arrière de la voiture, avec le coffret sur ses genoux, et écrivit ses propres références :

À l'adresse des personnes intéressées.

Le très honorable marquis de Dufferin a le plaisir de recommander par la présente M. Martin Morris, qui a été son maître d'hôtel pendant plus de trois ans. Le marquis a trouvé en lui un homme digne de confiance, honnête, sobre et extrêmement compétent.

George Littleton,
secrétaire.

Michael relut la lettre et la rangea dans la poche intérieure de sa veste.

Puis, il referma sa valise, remonta en voiture et prit les rênes.

– Qu'est-ce que vous avez fait ? demanda Adela avec curiosité.

Michael hésita, puis décida de lui dire la vérité.

– J'ai rédigé ma lettre de références.

Elle éclata de rire.

– Je suis sûre qu'elle est très élogieuse.

– Bien sûr. Il est très important pour moi d'obtenir ce poste.

Il fouetta ses chevaux.

– J'ai du mal à croire que vous soyez pauvre, dit Adela. Je ne pense pas que vous ayez besoin de cet emploi pour vivre. Il doit y avoir une autre raison. Je me trompe ?

– Vous ne vous trompez pas. Et c'est pourquoi je vous recommande la plus extrême prudence. Un mot de trop, une simple erreur et nous risquerions de nous faire mettre à la porte sans ménagements !

– Je vous promets de faire très attention.

Ils approchaient du village de Little Morley. En apercevant le panneau indicateur, Michael arrêta à nouveau ses chevaux.

Sous les yeux étonnés d'Adela, il retira son chapeau, sortit un peigne et se coiffa avec une raie au milieu. Cela changeait complètement son personnage.

– Pourquoi faites-vous ça ? demanda-t-elle.

– Je vous l'ai dit, quand on veut se faire passer pour un autre, il faut entrer dans sa peau, adopter ses goûts, ses manières…

– Je devrai en faire autant ?

– Bien sûr. Vous êtes ma sœur et vous m'accompagnez parce que nos parents viennent de mourir. Vous êtes très habile avec un fil et une aiguille et vous vous proposez d'aider la gouvernante dans ses travaux de couture. Vous saurez faire ça ?

– Oh, mais oui, je me débrouille très bien.

– À la bonne heure ! J'en étais sûr. Mais, surtout, ne vous trahissez pas ! Veillez toujours à jouer votre personnage.

– Je serai très prudente, je vous le promets.

Ils roulèrent encore quelque temps et aperçurent un grand portail ornemental en retrait de la route. Il y avait des signes héraldiques gravés sur les piliers et deux pavillons encadraient la grille.

Ils n'eurent pas besoin d'appeler le gardien : la porte était ouverte.

Ils empruntèrent une longue allée bordée de chênes centenaires, au bout de laquelle se dressait le château. En le voyant, Adela poussa un cri d'étonnement.

– C'est là que nous allons ? C'est immense !

Michael pensait la même chose.

Il savait que Grangemoore Hall était une propriété imposante, mais il ne s'était pas attendu à une telle magnificence. Outre l'élégance de son architecture, probablement due aux frères Adam, les plus fameux bâtisseurs du XVIIIe siècle, le château bénéficiait d'un site boisé absolument superbe, à flanc de coteau, avec un charmant lac artificiel agrémenté d'une cascade.

Ils suivirent l'allée en silence.

Michael contenait difficilement son émotion à l'idée que, désormais, tout cela lui appartenait. Son père ne lui avait jamais parlé du château familial et le spectacle qu'il avait devant les yeux dépassait ses espérances.

Un tel patrimoine méritait d'être entretenu avec amour.

« Tu es à moi, dit-il secrètement à l'édifice, et rien ni personne ne pourra s'y opposer. »

Un pont enjambait un second lac. Les chevaux le franchirent et gravirent une pente jusqu'au grand escalier qui menait à la porte principale.

Sur l'aile est du bâtiment, une arche donnait sur une cour pavée. Michael s'y engagea. C'étaient les écuries.

Un palefrenier vint à leur rencontre.

– Restez ici et attendez mon retour, chuchota Michael à Adela.

– Vous en aurez pour longtemps ? murmura-t-elle.

– J'espère que non.

Elle lui sourit, mais elle voyait bien qu'il était inquiet.

Michael descendit de voiture et s'adressa au palefrenier en ces termes :

– Dites donc, mon gars, j'ai entendu dire qu'il y avait de l'embauche ici. Qui pourrait me renseigner ?

Le garçon d'écurie, qui avait l'air dégourdi, réfléchit un instant et répondit :

– Demandez à m'sieur Barrett. Il fait fonction de régisseur.

– Merci. Vous pourriez veiller sur ma sœur, qui est là dans la voiture ? Je vous confie mes chevaux.

– Sûr. Y a rien à craindre ici, ni pour les bêtes ni pour la petite dame.

– Où est la porte de service ?

Le garçon lui désigna une allée entre deux buissons de rhododendrons, près de l'arche.

Michael jeta son chapeau sur le siège à côté d'Adela et se dirigea vers l'endroit indiqué.

Il frappa à la porte. Puis, comme personne ne répondait, il entra.

Il se retrouva dans un long couloir au sol dallé. Il y avait des celliers de part et d'autre. Dans l'un, de grandes jarres de lait fermentaient ; dans l'autre, des jambons et des volailles pendaient à une poutre.

Il passa à côté d'une vaste cuisine haute de plafond, où trois servantes bavardaient en préparant divers plats, qu'elles disposaient sur la table.

– Hum, excusez-moi, fit-il. Je cherche M. Barrett.

– L'est dans son cabinet, répondit l'une des domestiques.

Elles le regardèrent d'un air intrigué, se demandant sans doute pourquoi il voulait voir M. Barrett, mais Michael estima qu'il n'avait aucune raison de satisfaire leur curiosité.

– C'est par où ? dit-il.

– Deuxième porte à gauche.

– Merci beaucoup pour votre aide.

Le cabinet du régisseur était une grande pièce remplie d'étagères, de cartes, de livres et de classeurs. Il y avait deux bureaux. Un homme entre deux âges, aux cheveux grisonnants, était assis derrière l'un d'eux. Il leva les yeux en voyant entrer Michael.

M. Barrett avait le front soucieux et les yeux cernés. On le sentait accablé, pour ne pas dire proche du désespoir.

– Bonjour, monsieur, dit Michael d'une voix humble.

– Vous voulez me voir ?

– Oui, monsieur.

– À quel sujet ?

– J'ai appris par hasard qu'il y avait une place libre au château et je suis venu me porter candidat.

M. Barrett le regarda avec étonnement.

– Vous faites allusion à la place de maître d'hôtel ?

– En effet, monsieur. Je cherche un emploi dans la région.

Une lueur d'intérêt s'alluma dans les yeux las de M. Barrett.

– Vous avez déjà occupé cette fonction ?

– C'est mon métier, monsieur, répondit Michael. J'ai ici une lettre de références.

Il fouilla dans sa poche et tendit à M. Barret le papier qu'il avait lui-même rédigé.

Le régisseur parut fort impressionné par ce qu'il lut.

– Et quand seriez-vous prêt à prendre du service ?

– Immédiatement, monsieur. Mais il y a encore quelque chose que je dois vous dire en espérant que ça ne vous empêchera pas de m'engager.

– Je vous écoute.

– Ma sœur m'accompagne. Nos parents sont récemment décédés et c'est la raison pour laquelle j'ai dû quitter les Indes. Nous avons vendu leur maison et nous devons à présent trouver un toit. Ma sœur est encore jeune mais elle est très habile avec un fil et une aiguille.

– Une couturière ?

– Une excellente couturière. Elle est très douée, je vous assure.

– Eh bien, si elle ne rechigne pas à la tâche, c'est entendu. Ce n'est pas l'ouvrage qui manque. Vous êtes engagés tous les deux.

– Merci beaucoup, monsieur.

– Je dois cependant vous prévenir que... comment dire ?... vous risquez de rencontrer quelques difficultés au début.

Michael l'interrogea du regard.

– Oui, poursuivit M. Barrett, nous attendons l'arrivée du nouveau duc, qui doit venir des Indes.

– Des Indes !

– En effet. Vous avez peut-être rencontré le major Michael Moore pendant votre séjour là-bas ?

Michael fit mine de réfléchir en fronçant les sourcils.

– C'est un nom qui me dit quelque chose, répondit-il, mais il y avait tellement d'officiers chez le vice-roi que je ne peux pas en être sûr. Je m'occupais surtout de M. le marquis et des domestiques indiens.

– Je comprends. En attendant l'arrivée de Sa Grâce, c'est M. Cyril Moore qui dirige la maison. C'est lui qui vous donnera vos instructions.

– Parfait. Vous aimeriez peut-être que je vous présente ma sœur ?

– Avec plaisir, mais nous n'avons pas encore parlé de votre salaire.

Michael le regarda avec amusement.

– J'imagine que, dans une maison aussi luxueuse que celle-ci, les gages sont acceptables.

Michael vit M. Barrett sourire pour la première fois. Un prix fut fixé à l'amiable.

– Si cette somme vous convient, faites venir votre sœur.

– J'ai ici une voiture et deux chevaux, qui m'ont été prêtés par l'ancien employeur de mon père. Je les lui ramènerai dès que j'aurai un peu de temps libre. Mais, d'ici là, puis-je les laisser à l'écurie ?

– Bien sûr, nous avons largement assez de place. Le chef palefrenier s'en occupera.

– Merci, monsieur, merci beaucoup.

Sur ces mots, il alla chercher Adela, qui n'avait pas bougé. Elle semblait un peu inquiète.

– Tout est réglé, annonça-t-il à voix haute pour que le garçon d'écurie l'entendît. Nous avons la place, petite sœur. Tu es la nouvelle couturière.

– Oh, tant mieux… tant mieux !

Elle descendit de voiture et Michael détacha ses bagages.

– Je me charge des valises. Tu arriveras à porter ton sac ?

Les yeux d'Adela pétillèrent.

– Je l'ai déjà porté, dit-elle.

Michael se tourna vers le garçon d'écurie.

– Vous pouvez vous occuper des chevaux ou voulez-vous que je vous aide ?

– Oh, je me débrouillerai bien tout seul, allez, et il y aura toujours quelqu'un pour me donner un coup de main.

– Je viendrai voir tout à l'heure s'ils sont bien installés.

– Ne vous en faites pas pour ça. Je sais reconnaître un bon cheval quand j'en vois un.

– C'est un talent qui vous servira toute votre vie. Mais on en a trompé des plus malins que vous.

Le garçon se mit à rire.

Michael empoigna ses valises et précéda Adela dans le couloir jusqu'au cabinet de M. Barrett.

Une femme d'un certain âge était en conversation avec le régisseur.

– Ah, le voici ! s'exclama-t-il en voyant Michael.

– Permettez-moi de vous présenter ma sœur, monsieur.

M. Barrett écarquilla les yeux. Il ne s'attendait visiblement pas à se retrouver face à une jeune fille aussi jolie.

– Votre sœur sera sous les ordres de Mme Smithson, dit-il. C'est notre gouvernante.

Michael tendit la main à la dame en question.

– Enchanté, dit-il. Je suis sûr que ma sœur vous sera d'une grande utilité. Elle a la réputation d'avoir des doigts de fée.

– Ça tombe bien, répondit Mme Smithson un peu sèchement. Si c'est une fée, j'espère qu'elle a apporté sa baguette magique. J'en aurais bien besoin.

– Bon, puisque vous avez vos bagages avec vous, reprit M. Barrett, je suppose que vous voudriez savoir dans quelle chambre les mettre. Le maître d'hôtel a toujours dormi au rez-de-chaussée, à côté de l'office. Évidemment, Morris, votre sœur dormira en haut.

Voyant Adela se rembrunir à l'idée d'être séparée de lui, Michael fit semblant d'hésiter, puis répondit en cherchant ses mots :

– Cela va peut-être vous sembler bizarre, monsieur, mais j'ai tellement voyagé à travers les Indes avec le vice-roi que je souffre d'une légère claustrophobie. Si cela ne vous dérange pas, je préférerais dormir à l'étage. Il y a plus d'air.

M. Barrett se tourna vers Mme Smithson.

– Je vais m'occuper de ça, dit-elle. Je suppose que vous souhaitez être près de votre sœur.

– En effet, elle n'a pas l'habitude d'être seule et je n'aimerais pas la savoir trop loin de moi.

– C'est vrai, approuva Adela d'une toute petite voix. Je voudrais rester près de… Martin, si c'était possible.

– Laissez-moi faire, dit Mme Smithson. Je vais arranger ça.

Elle se pencha vers M. Barrett et lui chuchota quelque chose à l'oreille. Mais Michael avait l'ouïe particulièrement fine et ne perdit pas un mot de ce qu'elle disait :

– Il ne faut pas que ces horribles individus voient cette jeune fille.

– Non, non, bien sûr, lui répondit M. Barrett dans un murmure.

Mme Smithson se redressa et reprit à voix haute :

– À présent, venez avec moi, tous les deux. Je vais vous montrer vos chambres.

Michael et Adela, portant chacun leurs bagages, la suivirent dans un premier escalier, jusqu'au palier, puis dans un second qui menait au deuxième étage.

Là, Mme Smithson s'engagea dans un couloir et ouvrit une porte.

– C'est ici qu'on installait les célibataires, autrefois, quand il y avait une grande réception, dit-elle. Les lits sont confortables et vous aurez des draps frais.

– Vous êtes très aimable, répondit Michael. J'espère qu'Adela vous fournira une aide précieuse.

– J'en suis certaine. Mais il faudra qu'elle reste à sa place et ne s'éloigne pas de moi.

– Elle n'y manquera pas, assura Michael.

Ses yeux croisèrent ceux de Mme Smithson. Il y avait beaucoup de sous-entendus dans son regard.

– Maintenant, à vous, dit-elle à Adela. Votre chambre est à côté.

Les deux pièces, qui étaient bien meublées, étaient presque identiques.

Michael remarqua avec amusement que les gravures ornant les murs étaient davantage destinées à un jeune homme qu'à une jeune fille. Elles représentaient des scènes de tir, de pêche et de chasse – tout à fait le genre d'images qu'il s'était attendu à trouver à Grangemoore Hall.

Ils posèrent leurs bagages et Mme Smithson emmena Adela voir la salle à manger des domestiques, puis la lingerie, qui était vide depuis le départ de la précédente couturière.

– On dirait que les domestiques démissionnent souvent ici, commenta Michael.

– Rien d'étonnant à ça, répondit Mme Smithson. Je partirais aussi si j'avais un endroit où aller.

– Vous n'y pensez pas ! Le nouveau duc, qui va bientôt arriver, paraît-il, aura besoin de vous.

– Ma foi, s'il tarde trop à arriver, il devra se passer de moi. J'en ai assez ! C'est exactement ce qu'a dit M. Bowles, avant-hier, quand il est parti.

– Ah oui ! au fait, je ne vous ai pas demandé pourquoi il était parti.

– Il n'en pouvait plus. C'est ce qu'ils disent tous. Je n'ai plus une seule bonne à mon service. La dernière, qui travaillait ici depuis dix ans, a pris ses cliques et ses claques en disant : « Trop c'est trop, je ne resterai pas ici un jour de plus. »

– Qu'est-ce qui ne va pas ?

– Vous le découvrirez bien assez tôt. J'espère seulement que vous aurez le courage de rester jusqu'à l'arrivée du nouveau duc. Je me demande ce qui le retient.

Michael pensa que ce serait une erreur d'en dire davantage.

Il laissa Adela avec Mme Smithson et descendit l'escalier. Il trouva trois jeunes hommes à l'office.

– Nous sommes les valets, dit l'un d'eux. C'est pas vraiment notre métier, notez bien, mais, vu qu'ils avaient personne d'autre, ils nous ont engagés.

– J'espère que vous allez pouvoir m'aider, répondit Michael. Commençons par le commencement et dites-moi ce qui ne va pas dans ce château.

Les valets se regardèrent et secouèrent la tête.

– Nenni, fit le plus hardi. Motus et bouche cousue. Si le maître entend quelqu'un dire du mal sur lui, il l'attrape par la peau du cou et le fiche dehors avec un coup de pied au derrière.

– Compris. Il faudra que je découvre tout cela par moi-même. Mais soyez gentils de me prévenir si je fais une bourde, pour m'éviter un coup de pied au derrière.

Ils rirent de sa plaisanterie, mais le cœur n'y était pas.

Michael consulta l'horloge.

– Bientôt six heures, fit-il. Si vous me dites où je peux trouver « le maître », comme vous l'appelez, j'irai lui demander s'il veut boire quelque chose avant le dîner.

– Ah, ça, il sera pas contre, pour sûr ! Il a toujours une bouteille de champagne dans son bureau, et la suivante l'attend ici.

À ces mots, il désigna une bouteille plongée dans de l'eau froide, dans l'évier.

– Qui vous a dit de la mettre là ?

– M. Barrett.

– Très bien. Essuyez-la et passez-la-moi, je vais la porter. Mais il faut que quelqu'un m'indique où se trouve le bureau.

Un des valets lui montra le chemin.

Le vestibule, à l'image du reste de la résidence, était très impressionnant. Il était orné d'exquises statues de dieux et de déesses dans des châsses et d'une magnifique cheminée en marbre.

Ils passèrent à côté d'une porte.

– Là, c'est le salon bleu, murmura le valet.

Il semblait avoir peur de sa propre voix. Un peu plus loin, il y avait la salle des tapisseries et la salle des Reynolds. Enfin, ils arrivèrent devant le bureau. Le garçon fit demi-tour et disparut sans un mot.

Michael ouvrit la porte et entra.

C'était une grande pièce. Les meubles étaient couverts de cuir rouge et, comme dans le vestibule, le manteau de cheminée était en marbre. Des tableaux de Stubbs et d'autres artistes spécialisés dans les scènes de chasse étaient accrochés aux murs.

Un homme d'une soixantaine d'années était vautré sur le sofa, une bouteille de champagne à côté de lui.

Il avait une horrible trogne de débauché, avec des cernes sous les yeux et des rides autour des lèvres qui lui donnaient un air cynique et cruel.

– Qui êtes-vous ? aboya-t-il en voyant entrer Michael.

Michael serra les talons et s'inclina poliment.

– Je suis le nouveau maître d'hôtel, monsieur, et mon nom est Morris.

– Le nouveau maître d'hôtel ! Je n'aurais jamais cru que cette vieille baderne de Barrett en trouverait un aussi vite !

– J'ai appris par hasard que la place était libre, monsieur, expliqua Michael. Je suis prêt à vous servir au mieux de mes capacités.

– J'espère bien ! grogna Cyril Moore. C'est pour ça que je vous paie, non ? Tous des empotés et des imbéciles dans cette maison ! Vous avez intérêt à vous montrer à la hauteur, sinon gare !

– Compris, monsieur. Je suis venu vous dire que, si vous désirez encore du champagne, cette bouteille a été spécialement rafraîchie.

– Encore heureux ! Veillez à ce qu'on me serve des vins convenables au dîner. Ces crétins ont oublié le porto hier soir.

– Dites-moi ce que vous désirez, monsieur, et je verrai s'il y a ce qu'il faut à la cave.

– S'il y a ce qu'il faut ? Mais bien sûr ! Cette cave est une vraie caverne d'Ali-Baba. Il y a de quoi abreuver un régiment et j'ai l'intention de tout boire jusqu'à la dernière goutte avant que ce jeune blanc-bec ne vienne prendre ma place.

Au moment où Michael s'apprêtait à lui demander quels vins il désirait exactement pour le dîner, la porte s'ouvrit à la volée et un homme – jeune mais d'aspect aussi déplaisant que Cyril Moore – entra en coup de vent.

– Je l'ai trouvée ! dit-il. Ton plan sera très facile à exécuter.

– Tant mieux ! fit Cyril Moore. Et pour la licence spéciale ?

– J'ai envoyé Claud à Londres pour s'en occuper. Il sera de retour, demain. L'affaire est dans le sac, je te dis.

– Félicitations, Jason, dit Cyril Moore. (Il se tourna vers Michael.) Qu'est-ce que vous attendez ? Allez, ouste, allez faire votre travail.

– Je voulais juste vous demander si vous souhaitiez du vin blanc pour l'entrée, puis du vin rouge et du champagne pour le dessert, répondit Michael.

– Mais bien sûr, bien sûr ! Je veux ce qu'il y a de meilleur, évidemment.

– Évidemment. Comptez sur moi.

Là-dessus, Michael s'inclina et se dirigea vers la porte en emportant la bouteille de champagne vide.

– Qui c'est ? demanda Jason.

– Le nouveau maître d'hôtel, expliqua Cyril Moore. Ne fais pas attention à lui. Parle-moi de l'héritière. Comment t'y prendras-tu pour la rendre inconsciente ?

Michael ne put pas en entendre davantage. Il sortit et regagna l'office en songeant que ce Cyril Moore était l'un des personnages les plus désagréables qu'il eût jamais rencontrés. Quant à son ami Jason, il était visiblement sur le point de commettre un mauvais coup.

Une licence spéciale, une héritière qu'il fallait rendre inconsciente... Qu'est-ce qu'ils manigançaient ?

En arrivant à l'office, il se dit que la situation à Grangemoore était encore plus sinistre qu'il ne l'avait craint. Il ne s'agissait pas seulement de beuveries ou de larcins comme il l'avait redouté, mais de méfaits bien plus graves.

Il était probablement confronté à une bande de criminels et il aurait beaucoup de mal à déjouer seul leurs entreprises.

« Il va me falloir de l'aide », se dit-il.

Mais vers qui se tourner ?

Cela lui rappela le Grand Jeu, où il avait toujours été livré à lui-même. Il avait bien souvent vu la mort de près et, pourtant, il avait survécu.

« Si j'ai échappé aux périls du Grand Jeu, pensa-t-il, je trouverai bien le moyen de me tirer aussi de ce mauvais pas. »

Mais son appréhension était réelle.

5

On fit savoir à Michael qu'il fallait prévoir un dîner pour douze convives.

Il en fut très surpris, car il n'avait pas vu beaucoup de gens au château depuis son arrivée. Cependant, quand l'heure du repas approcha, il entendit des pas descendre l'escalier. Des hommes et des femmes. D'où venaient-ils ? Ils avaient dû passer l'après-midi allongés… si l'on peut dire.

Il avait déjà apporté deux bouteilles de champagne dans le salon – une ravissante pièce avec deux énormes lustres de cristal.

Le mobilier était français et avait probablement été acheté par un de ses ancêtres pendant la Révolution.

Il alla annoncer que le dîner était servi.

Pour la première fois, il put constater de ses yeux pourquoi il y avait tant de ragots sur ce qui se passait au château.

Les hommes présents n'étaient assurément pas des gentlemen. C'étaient plutôt ce que son père aurait appelé des « noceurs ». Quant aux femmes, elles étaient maquillées, sans grâce, et vêtues de façon beaucoup trop suggestive pour être honnêtes. Michael espéra qu'Adela ne serait pas amenée à côtoyer de pareilles créatures.

Quand il entra au salon, le brouhaha était tel qu'il eut toutes les peines du monde à se faire entendre.

– Le dîner est servi, monsieur ! lança-t-il d'une voix de stentor quand M. Cyril l'aperçut enfin.

Sur le moment, il eut l'impression que cela n'intéressait personne. Mais, quand M. Cyril se dirigea vers la porte, tous les convives le suivirent.

La salle à manger était immense.

Michael avait fait dresser le couvert selon l'étiquette en usage chez le vice-roi pour les grandes occasions.

Le chandelier, les timbales et les plats étaient en or, et il avait demandé aux valets de décorer la table avec des fleurs.

Ces dames poussèrent des cris de joie.

– Comme c'est joli ! s'exclama l'une d'elles. Ça me donne envie de danser sur la nappe entre les ors !

– Tu ferais de ces dégâts ! dit un homme à côté d'elle.

– Hein ? Je vais te montrer, tu vas voir.

Heureusement, un plat fut posé devant elle à ce moment, ce qui l'arrêta dans son élan.

Quand ils en furent à la moitié du dîner, il eût été impossible à quiconque de danser sur la table, tant elle était en désordre.

On avait prévenu Michael qu'ils étaient de gros buveurs et il avait apporté un grand nombre de bouteilles de vin. Mais il commençait à se demander si ça suffirait. C'étaient de vraies éponges et, plus ils buvaient, plus ils parlaient fort.

Tandis qu'il remplissait le verre de M. Cyril, Michael entendit son voisin de table dire à celuici :

– Sais-tu si le jeune Moore est déjà rentré des Indes ?

– Aucune nouvelle, répondit M. Cyril. Mais, comme tu le sais, on est prêts à le recevoir.

– Héhé, reprit l'homme sur un ton de conspirateur, je pense que le mieux serait la cascade.

– Je suis de ton avis.

Michael alla chercher une autre bouteille sur le buffet.

Il médita. Voilà donc ce qu'ils mijotaient. Ils voulaient le tuer. Évidemment, il aurait dû s'en douter. Cyril Moore était probablement le second dans l'ordre de succession.

En éliminant Michael, il devenait l'héritier officiel et c'était la raison pour laquelle il avait décidé d'emménager avant la mort de l'ancien duc. C'était un excellent moyen pour lui de consolider sa position.

Pour vérifier ses soupçons, Michael eut l'idée d'aller consulter en secret l'arbre généalogique de la famille dans la bibliothèque. S'il se confirmait que Cyril venait juste après lui sur la liste, le doute ne serait plus possible.

Michael n'était pas homme à paniquer, mais l'idée de périr dans un « tragique accident » près de la cascade lui faisait un peu froid dans le dos.

Le dîner comportait quatre plats, qu'il trouva plus appétissants les uns que les autres.

M. Cyril avait au moins eu la sagesse de ne pas renvoyer les cuisinières.

Michael avait appris, peu avant, que ce sinistre individu avait la fâcheuse habitude de mettre les domestiques à la porte sans avertissement. Cela lui avait été révélé au cours du souper qu'il avait partagé avec Mme Smithson et Adela, à six heures et demie.

Dans les grandes maisons anglaises, la tradition voulait que le maître d'hôtel, la gouvernante, la femme de chambre particulière de la châtelaine (s'il y en avait une) et le chef cocher (s'il habitait sur place) prissent leurs repas ensemble à l'office. Le reste du personnel mangeait dans la salle des domestiques.

En voyant qu'il n'y avait que quatre personnes à table, Michael avait été surpris.

– Vous pensiez que nous serions plus nombreux, monsieur Morris ? lui avait dit Mme Smithson. Mais, voyez-vous, les domestiques de haut rang ont tous démissionné et j'ai moi-même renvoyé les jeunes servantes.

– Pourquoi cela ?

– Eh bien, avait-elle répondu en jetant un regard inquiet vers Adela, j'ai pensé qu'il était plus prudent de faire venir des femmes de ménage du village chaque matin. Je m'arrange avec Mme Robinson pour le reste de la journée.

– Si vous voyiez dans quel état sont les chambres, vous auriez une attaque, avait ajouté Mme Robinson.

Maintenant qu'il avait devant les yeux les femmes qui fréquentaient les amis de M. Cyril, Michael reconnaissait que Mme Smithson avait parlé avec bon sens. Il ne fallait absolument pas qu'Adela soit vue par l'un de ces soi-disant gentlemen.

Les dames – un mot bien flatteur pour ces quatre créatures – restèrent avec les hommes quand on servit le porto, au mépris de l'usage anglais. Elles en burent même davantage qu'eux.

Quand cette joyeuse assemblée quitta la salle à manger, personne ne marchait droit.

Le seul qui ne fût pas soûl était un convive qui avait quitté la table après le troisième plat.

– Tu sais où je vais, Cyril, avait-il dit en se levant.

– Sois prudent, avait répondu Cyril.

– Comme toujours.

Michael lui avait ouvert la porte en demandant :

– Vous sortez, monsieur ?

– Inutile de m'accompagner à la porte, avait dit l'homme. Il y a une voiture qui m'attend dehors.

– Très bien, monsieur.

Michael l'avait reconnu. C'était Jason, l'homme qui était entré dans le bureau avec une licence spéciale et qui avait parlé d'une mystérieuse héritière. Sans doute avait-il l'intention de l'épouser.

Michael suivit les autres convives dans le vestibule, par précaution, au cas où l'un d'eux s'écroulerait en chemin. Mais tout le monde atteignit le salon sans encombre.

Le jeune valet avait prévenu Michael que les dîneurs avaient l'habitude de se faire servir du brandy et des liqueurs après le repas. Des bouteilles et des verres furent donc disposés dans un coin du salon.

« S'ils forcent sur les alcools après tout ce qu'ils ont déjà ingurgité, se dit Michael, ils vont s'endormir par terre. »

Il venait juste de regagner la salle à manger pour aider à débarrasser la table quand il entendit un bruit de roues dehors. Comme tous les domestiques étaient occupés ailleurs, il alla lui-même ouvrir la porte d'entrée pour voir ce qui se passait.

Un attelage arrivait. Jason, l'homme qui s'était éclipsé tout à l'heure, en descendit. Apercevant Michael, il cria :

– Vous, là, venez m'aider !

Michael dégringola les marches.

– Il va falloir la porter, dit Jason.

Michael regarda dans la voiture. Une femme était alanguie sur la banquette. À première vue, il pensa qu'elle était ivre mais, à y regarder de plus près, il comprit qu'elle avait perdu connaissance.

Elle devait avoir dans les vingt-six ans, guère plus.

Elle était vêtue d'une robe de soirée, avec une étole de fourrure jetée ses épaules.

– Donnez-moi un coup de main, dit Jason. À nous deux, on arrivera bien à la traîner en haut des marches.

– Laissez-moi faire, monsieur, dit Michael.

Il prit la femme dans ses bras. Elle était très mince et il la souleva sans peine.

– Attention, dit Jason.

Michael ne l'écouta pas. Il avait souvent porté des blessés sur les champs de bataille et ils étaient bien plus lourds que cette jeune personne.

En arrivant en haut des marches, il se tourna vers Jason, qui le suivait.

– Dois-je la porter à l'étage, monsieur ?

– Non, mettez-la ici, répondit Jason.

Il conduisit Michael dans une pièce qu'il n'avait pas encore vue. C'était une sorte de salle de séjour, bien meublée, avec un confortable divan devant la cheminée.

– Posez-la sur le divan, dit Jason, elle sera bien. Elle ne reviendra pas à elle avant un bout de temps.

Michael examina le visage de la jeune femme. Elle semblait avoir été droguée.

Sans dire un mot, il mit un coussin de soie sous sa tête et ramena l'ourlet de sa robe sur ses pieds.

– Et maintenant, Morris, allez me chercher le pasteur, ordonna Jason. Il habite au bout de l'allée. Dites-lui qu'on a besoin de lui immédiatement. Sans plus de précision. S'il insiste pour en savoir davantage, expliquez-lui simplement qu'on l'attend pour célébrer un mariage dans la chapelle. Le fiancé a une licence spéciale.

À ces mots, il sortit la licence en question de sa poche et la posa sur un guéridon.

– Voilà le travail ! fit-il, triomphant. Plus vite le pasteur sera ici, mieux ça sera.

Michael soupira et dit :

– Il y a un petit problème, monsieur. Je crois savoir que le pasteur est absent pour la nuit.

– Absent ! Qu'est-ce que vous me chantez là ? Où est-il ?

– Il veille un paroissien mourant.

Jason jura dans sa barbe, puis :

– Il sera de retour demain matin ?

– Je pense.

– Bon, vous irez le chercher à la première heure. Dites-lui que c'est très urgent.

– À votre service, monsieur. Mais... ne serait-il pas préférable que j'installe cette dame dans une chambre du haut ?

– Non, non, surtout pas ! Allez chercher un plaid pour la couvrir et laissez-la où elle est. (Il la regarda d'un air pensif et ajouta, en se parlant à lui-même :) Elle va dormir encore une heure ou deux, et je lui donnerai une autre dose.

Michael ne dit rien.

Il alla chercher une petite couverture chaude et l'étala sur la femme inconsciente.

– Autre chose, monsieur ?

– Non, rien pour le moment, répondit Jason. Je voulais vous demander d'allumer les cierges dans la chapelle, mais vous pourrez faire ça demain matin après avoir envoyé quelqu'un chez le pasteur.

– Ce sera fait, monsieur.

Michael s'inclina et quitta la pièce.

Il se rendit en hâte dans la salle à manger. Les trois valets avaient fini de débarrasser la table et s'employaient à ranger les chandeliers et autres ornements dans un cagibi.

– On se demandait où vous étiez passé, m'sieur, dit l'un d'eux.

– Est-ce que l'un de vous habite le village ? demanda Michael.

Ils rirent.

– On y habite tous ! On est des ouvriers agricoles, nous autres. On vient seulement travailler ici comme extra, vu que le maître a renvoyé tous les autres valets.

– Bien. J'aurais une question à vous poser. Savez-vous s'il y a une jeune femme riche dans le voisinage ? Une femme qui va sur ses trente ans, disons.

– Oh ! vous parlez sûrement de Mlle Musgrove. Elle a hérité d'une énorme fortune à la mort de son père. Tout le monde est au courant, ici.

– Où habite-t-elle ?

– Par là-bas, fit un des garçons en pointant le pouce dans une direction vague. Une belle propriété qu'on appelle La Grange, mais pas aussi grande qu'ici.

Michael savait ce qu'il voulait savoir. Il informa les domestiques qu'ils pouvaient aller se coucher. Puis, ayant vérifié que tout était en ordre à l'office, il retourna dans le vestibule. Un véritable tapage provenait du salon. Les fêtards s'en donnaient à cœur joie.

Il en profita pour se porter de nouveau au chevet de la jeune femme inconsciente, qu'il connaissait maintenant sous le nom de Mlle Musgrove.

Elle n'avait pas bougé. Il se demanda si le ravisseur lui avait administré une nouvelle dose de drogue en son absence.

« Il faut que je fasse quelque chose », se dit-il. Mais quoi ?

Il avait essayé de gagner du temps en prétendant que le pasteur était en déplacement. Il ne pourrait pas utiliser la même excuse le lendemain.

« Il faut agir vite, se répétait-il. Que faire ? Que faire ? »

Il monta voir si Adela allait bien. Il l'avait confiée aux bons soins de Mme Smithson et pensait qu'elle était en sécurité.

Il se rendit dans la salle de la gouvernante. La pièce était plongée dans l'obscurité. Adela avait dû aller se coucher.

Il monta au second étage.

La porte de la chambre d'Adela était entrebâillée. Il frappa et la jeune fille lui ouvrit aussitôt.

– Vous avez été absent longtemps, dit-elle. Je commençais à craindre qu'il ne vous soit arrivé quelque chose.

– Ils viennent juste de finir de dîner, répondit-il. En ce moment, ils boivent dans le salon.

Voyant qu'elle était encore habillée, il reprit :

– Pourquoi n'êtes-vous pas couchée ?

– Je ne pouvais pas, je me faisais trop de souci pour vous. Pourquoi sommes-nous venus ici, chez ces odieux personnages ?

– Comment savez-vous qu'ils sont odieux ? Vous ne les avez pas vus, n'est-ce pas ?

– Non, bien sûr, mais Mme Smithson m'a mise en garde. Elle m'a dit que je ne devais pas me promener seule dans le château et j'en ai déduit qu'elle était inquiète.

– Elle a toutes les raisons de l'être. Je n'aurais jamais dû vous amener ici.

– Oh ! ne dites pas cela. Je sais que j'ai eu tort de m'imposer à vous, mais je ne veux pas vous quitter et… ne vous en faites pas pour moi.

Michael sourit.

– Mais si, je m'en fais beaucoup pour vous. Et Mme Smithson a raison. Ne vous promenez jamais seule dans le château.

– Je suis sûre que toutes les pièces sont magnifiques et qu'il doit y avoir une grande bibliothèque.

– Si vous désirez des livres, j'irai vous les chercher. Mais faites ce que je vous dis, Adela. Restez dans votre chambre.

– Je n'ai pas peur… tant que vous ne me renvoyez pas. Je vous promets de faire exactement ce que vous me direz.

– Vous avez très bien joué votre rôle jusqu'ici. Rassurez-vous, cette situation ne durera pas éternellement. Je vais y mettre bon ordre.

Adela parut intriguée et il craignit qu'elle ne se mît à poser des questions.

Il se leva et s'approcha de la fenêtre. Leurs chambres donnaient sur un beau jardin derrière la maison. Des étoiles brillaient dans le ciel, il y avait une petite lune et Michael pouvait voir au loin le lac artificiel.

Il pensa que ce serait une bonne idée d'aller jeter un œil à la cascade. C'était là, apparemment, que Cyril et ses amis avaient décidé de se débarrasser de lui. Jamais il n'aurait cru que sa vie serait en danger dans son propre pays, en Angleterre, mais Cyril était visiblement prêt à tout pour s'approprier le château.

– Jc vais aller prendre l'air avant de me coucher, Adela, dit-il.

Sans se retourner, il devina que les mots : « Puis-je vous accompagner ? » étaient sur les lèvres de la jeune fille et il s'empressa d'ajouter :

– Je ne serai pas long. J'ai juste besoin de réfléchir et j'ai l'esprit plus clair quand je suis seul.

– Je vais aller au lit, dit-elle d'une petite voix. Mais, s'il vous plaît, prévenez-moi quand vous serez rentré.

– Bien sûr.

Il lui sourit et passa dans sa propre chambre, à côté.

Il retira sa queue-de-pie, son nœud papillon noir, sa chemise blanche, ses manchettes et son col amidonné. Il voulait être à l'aise. L'air de la nuit lui ferait du bien et sa promenade lui permettrait peut-être de trouver une solution non seulement à son problème mais encore à celui de la femme droguée.

Comment aurait-il pu imaginer que de telles choses se passaient dans la demeure de son grand-père ? Dans les bas-fonds de Calcutta, cela ne l'aurait pas surpris. Mais ici !

« Dans peu de temps, songea-t-il, je risque de découvrir que tous les amis de Cyril trempent dans des entreprises malhonnêtes. »

Ce n'était qu'une bande de malfaiteurs.

Et les femmes qui les fréquentaient ne valaient pas mieux.

Mme Smithson avait eu mille fois raison de renvoyer ses jeunes servantes. Il frissonnait à l'idée qu'Adela pût entrer en contact avec des hommes de cet acabit.

« Si l'un de ces ivrognes s'avise de la toucher, je le tuerai de mes propres mains. »

Elle était innocente, pure et candide. Elle ne se doutait même pas que ce genre d'individus existait.

« Nous ne pouvons pas rester ici, décida-t-il. Je ne veux pas qu'il lui arrive quelque chose. »

Il enfila un pantalon confortable, une chemise en coton et une veste de tweed.

Au fond de la valise, il y avait son revolver. Presque machinalement, il le chargea et le glissa dans sa poche. Puis il alla frapper doucement à la porte d'Adela.

– Vous êtes couchée ? demanda-t-il.

Elle vint lui ouvrir en courant.

– J'étais devant la fenêtre. Je regardais les étoiles, dit-elle.

– J'ai le sentiment que vous étiez en train de prier. C'était pour moi ?

Elle acquiesça.

– Je ne sais pas ce que vous avez l'intention de faire, mais je priais pour… que tout se passe bien.

– Je pense que je priais aussi pour vous, à ma manière.

La lumière qui jouait dans les yeux d'Adela et le sourire qui animait ses lèvres étaient très émouvants.

– Vous êtes… si gentil, fit-elle. Vous avez été si bon avec moi. Je ne sais comment vous remercier.

– Oh, c'est très simple : soyez sage et faites exactement ce que Mme Smithson et moi vous dirons.

Maintenant allez vous coucher. Je ne serai pas long.

Elle lui sourit de nouveau.

Il eut soudain envie de l'embrasser. Mais il se ravisa en se reprochant son égarement. Il fallait qu'il s'en tînt au rôle qu'il s'était fixé.

Il était son frère.

– Bonne nuit, Adela. J'espère que vous dormirez quand je reviendrai.

– Vous ne serez... pas trop long ?

– Non, je vous l'ai dit. Ne soyez pas inquiète. Dormez vite et faites de beaux rêves.

Il s'en alla, en sachant que, de toute manière, elle resterait éveillée jusqu'à son retour.

« Je vais juste marcher jusqu'à la cascade », se dit-il.

Il descendit l'escalier et, au rez-de-chaussée, trouva un couloir qu'il n'avait pas encore remarqué, au bout duquel il y avait une porte donnant sur le jardin. Elle était fermée de l'intérieur. Il l'ouvrit et sortit.

Après tous ses tracas, ce fut une merveilleuse sensation apaisante que de sentir la fraîcheur de la nuit sur son visage.

La pâle clarté qui tombait des étoiles et de la lune conférait au jardin un aspect mystérieux et presque magique.

La vue était si belle qu'il se sentit revivifié.

Tout cela était à lui et bientôt il en prendrait possession.

Il déambula jusqu'à la pelouse puis, afin de ne pas être vu des fenêtres du salon, marcha dans l'ombre des amandiers.

Au bout de la pelouse, il découvrit un green pour jouer au croquet. Au-delà, des buissons se perdaient dans un bois de résineux qui formaient un décor de rêve pour le château. Sur le côté, il y avait une allée bien entretenue. Il était certain qu'elle menait directement au lac.

Méditant sur ce qu'il avait entendu, il se rendit compte que Cyril avait concocté un plan fort astucieux.

En effet, en se débarrassant progressivement de tous les domestiques restés loyaux envers l'ancien duc, il s'était assuré la mainmise totale sur le domaine. Seuls M. Barrett et Mme Smithson demeuraient. Mais, même s'ils s'étaient doutés de quelque chose, ni le régisseur ni la gouvernante n'eussent osé intervenir, de peur de perdre non seulement leur place mais aussi leur pension de retraite.

Décidément, ce Cyril était machiavélique.

« Si j'étais venu directement de Londres, comme ils s'y attendaient, je croupirais actuellement au pied de la cascade. D'ici un jour ou deux, on aurait retrouvé mon corps par hasard et Cyril aurait fait semblant d'être absolument catastrophé. »

Michael aurait probablement été enterré en grande pompe, avec tous les honneurs dus à son rang, et Cyril aurait été proclamé officiellement héritier de la couronne ducale, avec tous les avantages matériels associés au titre : rentes, château, meubles, terres, maisons.

L'heure était grave. Michael devait passer à l'action pour déjouer les visées de ce traître. Mais comment ? Bien sûr, il pouvait le dénoncer, mais que pouvait-il prouver ? Cyril menait une vie de débauché, certes, mais ce n'était pas interdit par la loi.

« S'il a commis d'autres crimes, je n'en ai pas connaissance et je n'ai pas l'intention de rester ici assez longtemps pour les découvrir. »

Il repensa à la femme qu'il avait portée dans la salle de séjour et que Jason avait l'intention d'épouser le lendemain à la première heure.

Le kidnapping était un délit puni par la loi.

Mais, si elle était sous l'influence de la drogue, elle ne comprendrait son malheur qu'après son mariage. Et, à ce moment-là, son mari serait responsable d'elle et de sa fortune. Personne ne pourrait plus rien y faire.

Mais Michael ne voyait pas comment la sauver sans dévoiler sa véritable identité.

En gravissant l'allée, il fut saisi par la beauté de l'endroit. À côté de lui, se dressait le premier sapin.

Il put voir, blotti dans le bosquet, un petit pavillon de bois. Il y en avait un semblable dans le jardin de son père, où il aimait jouer quand il était enfant.

Les précédentes duchesses de Grangemoore avaient dû adorer s'y asseoir en été avec leurs amis, bercées par le murmure de la cascade, face au jardin débordant de fleurs.

Il avait dû pleuvoir beaucoup ce dernier mois, car le lac artificiel, au-dessus de la cascade, était plein à ras bord.

En contemplant ce paysage admirablement dessiné, il songea que toute cette beauté aurait pu être son tombeau. Un ennemi tapi dans l'ombre aurait pu très facilement le pousser par derrière. La cascade mesurait un bonne dizaine de mètres de haut, et la chute lui eût été fatale. Assommé par le choc, il se fût noyé avant d'avoir eu le temps de retrouver ses esprits.

« Il faut que je sois sur mes gardes. La plus extrême méfiance s'impose. »

Adela était également en danger. Que lui arriverait-il s'il n'était plus là pour la protéger ?

Il ne savait que trop bien quels sombres desseins une jeune fille innocente, d'une beauté si éblouissante, pouvait faire germer dans l'esprit de ces brutes imbibées d'alcool.

Il avait vu comment ces grossiers personnages caressaient leurs voisines de table pendant le dîner.

« Je vais l'emmener hors d'ici sans tarder. Ce serait une grave erreur de rester plus longtemps. Un mot malheureux pourrait me trahir et Cyril pourrait deviner qui je suis. »

Il regarda de nouveau la cascade et, par curiosité, il eut envie de se promener en amont pour voir d'où venait toute cette eau, que les rayons de lune teintaient de reflets argentés. « Comme c'est beau ! » se dit-il une fois de plus.

Une citation lui traversa l'esprit :

« *Toute nature est belle, seul l'homme est vil.* »

C'était vrai, malheureusement vrai et, cependant, il avait eu l'occasion de rencontrer de nombreux hommes remarquables dans sa vie, à commencer par le vice-roi.

Le marquis de Dufferin était un exemple pour ses sujets et, parfois même, un objet d'admiration pour ses collaborateurs hindous. Michael était décidé à s'inspirer de lui le jour où il aurait à veiller sur le domaine de Grangemoore en qualité de duc.

« Ces gens qui dépendent de moi ont droit au bonheur et à la paix de l'âme. Je ne faillirai pas à mes devoirs. »

La paix ! C'était ce qu'il avait le plus désiré aux Indes, surtout lorsqu'il était sur la piste de quelque espion russe infiltré dans une peuplade. Il avait cru la trouver en rentrant au pays. Or, maintenant qu'il était dans la demeure de ses ancêtres, il était confronté à des problèmes et à des périls semblables à ceux qu'il avait rencontrés à la guerre.

S'il voulait sauver la malheureuse héritière kidnappée, il fallait qu'il le fît avant le lendemain matin.

Mais comment s'y prendre sans dévoiler son identité ?

« Que puis-je faire ? Au nom du Ciel, que puis-je faire ? » se répétait-il en suivant l'allée qui s'enfonçait sous les arbres.

En arrivant au sommet de la colline, il se retourna. À la lumière du jour, la vue devait être fantastique.

À ses pieds, il aperçut un petit sentier. C'était sûrement ce qu'il cherchait. Ce sentier menait probablement à la source qui alimentait la cascade. Il s'y engagea et, tout au bout, vit un trou dans le rocher, d'où jaillissait l'eau. C'était une source naturelle.

Il y trempa sa main. Elle était très froide. Était-elle potable ?

Aux Indes, il fallait toujours faire bouillir l'eau avant de la boire, car elle était chargée d'impuretés extrêmement néfastes. Mais il savait qu'en France et dans quelques autres pays, on vendait l'eau de source en bouteilles lorsque le corps médical l'avait déclarée bénéfique.

S'il survivait au complot de Cyril, il la ferait analyser dès qu'il serait duc. Il en but une gorgée. Elle avait un petit goût. Peut-être était-elle bonne pour la santé ? En ce cas, il pourrait la distribuer aux malades ou même la vendre comme eau de table.

Il se laissait aller à faire toutes sortes de projets, en se disant que le métier de duc lui plaisait vraiment beaucoup, lorsqu'il se rappela que l'heure tournait.

Il se releva. Ce n'était pas le moment de s'attarder. Adela risquait de se faire du souci.

« Elle est si douce et si belle, songea-t-il, que je ne me lasse pas de la regarder. »

Mais, une fois de plus, il se dit qu'il ne fallait pas qu'elle tombe amoureuse de lui. Plus tôt elle serait en sécurité, mieux ce serait. Il devait se séparer d'elle, car, le jour où il se présenterait au château sous sa véritable identité, il ne pourrait pas arriver avec une soi-disant sœur.

« Que de problèmes ! Ma vie n'est-elle donc faite que d'ennuis ? »

Alors ce fut comme s'il entendait Adela l'appeler. Il redescendit vers le château.

« Supposons qu'un de ces ivrognes ait entendu dire qu'il y avait une jolie fille au château et se soit mis à la chercher ? »

Personne d'autre n'habitait le second étage. Si Adela entendait quelqu'un monter, elle penserait sûrement que c'était lui et accourrait à sa rencontre en toute innocence pour l'accueillir. Et alors…

« Je me fais des frayeurs inutiles », se dit-il.

Pourtant, il pressa le pas.

6

Michael atteignit rapidement le bout du sentier.

En arrivant dans l'allée, il eut la surprise de voir deux chevaux à quelques pas devant lui. Ils n'étaient pas là quand il était parti.

Il se demanda à qui ils appartenaient.

Ils étaient attachés à un arbre mort et n'avaient pas l'air très bien nourris. Mais il ne s'attarda pas : il était impatient de rejoindre Adela.

Au moment où il arrivait devant la cascade, une forme furtive jaillit d'un buisson.

Instinctivement, il porta la main à son revolver.

C'était Adela !

Il passa un bras autour d'elle et sentit qu'elle tremblait.

– Vous… vous êtes en danger…, balbutia-t-elle d'une voix haletante. Les Russes… sont ici. À votre recherche.

– Quoi ? Que me dites-vous là ?

Elle s'accrocha à lui, les yeux levés.

– Ils… viennent de pénétrer dans… la maison, poursuivit-elle, affolée.

Michael l'entraîna vers le pavillon de bois. Puis il la prit dans ses bras et dit avec beaucoup de calme :

– Maintenant, racontez-moi tout.

– Je… vous ai suivi, expliqua-t-elle, parce que… j'avais peur, j'avais peur de rester toute seule au château.

Elle hésita un instant, comme si elle craignait qu'il ne se fâchât, puis poursuivit :

– Je suis venue jusqu'ici et… j'ai entendu quelqu'un marcher dans l'allée. J'ai cru que c'était vous mais, à tout hasard, je me suis cachée derrière un buisson…

– Reprenez votre souffle, nous avons tout le temps, dit-il en la serrant contre lui. Rapportez-moi exactement ce qui s'est passé.

– Il y avait deux hommes… Quand ils sont arrivés à ma hauteur, ils se sont arrêtés. Ils ont regardé vers le château et… l'un d'eux a dit : « C'est plus grand que je ne pensais. C'est un vrai palais. »

– Il parlait russe ?

– Oui, mais j'ai compris.

Michael fut stupéfait, mais la pria de continuer.

– L'autre homme a répondu : « Ne t'en fais pas. J'ai un plan pour m'introduire à l'intérieur et je sais dans quelle chambre il dort. » Et ils sont descendus vers le jardin. Là, ils… ils ont disparu dans l'ombre.

– Vous êtes certaine que c'étaient des Russes ?

– Ils parlaient russe et… je sais qu'ils veulent vous tuer. Ô Martin, Martin, nous devons… nous devons nous enfuir tout de suite.

Il y avait de l'effroi dans sa voix.

– Écoutez-moi, Adela, fit Michael, je vous suis très reconnaissant de m'avoir prévenu. Maintenant, il faut que vous m'aidiez.

– S'ils ne vous trouvent pas dans votre chambre, ils peuvent vous chercher ailleurs et… vous surprendre ici.

– Voici ce que vous allez faire. Vous allez rester dans ce cabanon et me promettre de ne pas faire un bruit, de ne pas sortir, quoi qu'il arrive. C'est promis ?

Il posa les mains sur ses épaules.

– C'est promis ? insista-t-il.

– C'est pr… promis, bégaya-t-elle. Mais le mieux s… serait de… de vous enfuir… tout de suite.

– S'ils m'ont suivi jusqu'ici, ils me suivront partout. Maintenant, faites ce que je vous demande et priez. Vos prières me sauveront.

– Je n'ai cessé de prier en vous attendant.

Michael regarda autour de lui et vit qu'il y avait un sofa dans le pavillon.

Il y mena doucement Adela.

– Désormais, quoi qu'il arrive, restez ici.

Il la fit asseoir puis, sans lui laisser le temps de répondre, sortit de la maisonnette en laissant ouvertes les portes vitrées.

Il jeta un œil dans le jardin. Personne. Toutes les fenêtres étaient éteintes, ce qui signifiait que Cyril et ses invités avaient réussi à regagner leurs lits malgré leur état d'ébriété.

Si les Russes étaient malins – et ils l'étaient ! – ils arriveraient sans peine à se faufiler dans le château sans éveiller l'attention.

Il était convaincu que l'homme qui avait dit savoir où il dormait était celui-là même que le vice-roi craignait lorsqu'il avait conseillé à Michael de quitter les Indes.

Quand Michael avait découvert le complot tramé contre le vice-roi, une bataille s'était ensuivie et trois Russes y avaient trouvé la mort. Hélas, celui qui était le plus recherché par les agents du Grand Jeu avait pu s'échapper. On l'appelait « Agni », ce qui en dialecte indien signifie « Flamme ».

Il était le principal instigateur des rébellions tribales. C'était lui qui tendait les embuscades dans lesquelles tant de soldats anglais avaient péri.

Le vice-roi avait tout de suite compris qu'Agni essaierait à tout prix de tuer Michael pour se venger. On savait qu'il avait la rancune tenace. Mais ni le marquis ni Michael n'auraient pu imaginer qu'il le suivrait jusqu'en Angleterre.

Agni, « la flamme », était membre de ce qu'on appelait la Troisième Section, au sein des terribles services secrets institués par le tsar Nicolas Ier. Les agents de la Troisième Section mettaient un point d'honneur à toujours retrouver leur victime. Agni, Michael en était sûr désormais, avait juré sa perte.

Michael dégaina son revolver et s'assura qu'il était bien chargé. Puis, il s'accroupit derrière un large buisson de rhododendrons, probablement celui-là même derrière lequel s'était cachée Adela.

La lune était haute dans le ciel et les étoiles scintillaient. À l'endroit où Michael se trouvait, juste au-dessus de la cascade, il faisait presque aussi clair qu'en plein jour.

Il attendit, le cœur battant, tout en restant calme, déterminé et très sûr de lui, comme il l'était toujours à la bataille. S'il ne parvenait pas à abattre ses adversaires, il serait obligé de se cacher, de vivre dans la clandestinité, aussi longtemps qu'Agni serait en vie.

Ce fut alors qu'il aperçut une présence dans l'ombre, vers le jardin. La pelouse était déserte, mais il avait entrevu deux hommes qui rampaient sous les amandiers, près d'une haie. Ils approchaient et, tout à coup, disparurent dans les taillis.

Michael était aux aguets. Il ne bougeait pas un cil. Personne, même à quelques mètres de lui, n'aurait pu deviner qu'il était là.

Il observa le chemin menant à la cascade. Soudain, il repéra la tête d'Agni. Puis celle de son acolyte. Il demeura figé.

Quand les Russes furent exactement devant lui, ils s'arrêtèrent pour regarder la cascade.

Ce fut le moment que Michael choisit pour faire feu, avec la précision d'un tireur d'élite.

La balle toucha Agni à la cheville. C'était bien là qu'il avait visé car il voulait, au cas où le corps serait retrouvé, que la mort fût attribuée à la noyade.

Le Russe poussa un cri et s'effondra.

Michael surgit de derrière le buisson et, avec la force et la vivacité d'un pugiliste professionnel, frappa l'autre Russe au menton. Un tel coup aurait assommé n'importe quel homme, même le plus costaud.

Le gaillard bascula en arrière et disparut dans la cascade.

Sans perdre un instant, Michael attrapa Agni par une jambe. Celui-ci essaya d'empoigner un couteau dans sa poche, mais Michael l'en empêcha en le poussant dans l'eau.

Les flots se refermèrent sur lui. La noyade était certaine : même s'il survivait à la chute, il n'arriverait jamais à nager jusqu'à la rive avec sa jambe blessée.

Leurs corps allaient sombrer au fond du lac artificiel puis, emportés par le courant, finiraient dans le lac naturel devant le château.

Quand on les retrouverait, il serait impossible de dire à quel endroit ils s'étaient noyés.

En fait, avec la crue qui avait haussé le niveau des eaux, ils pouvaient même être entraînés encore plus loin en aval.

Michael rengaina son arme, puis se dirigea vers le pavillon de bois.

Quand il entra, Adela, qui était restée assise sur le sofa avec les mains devant les yeux, sauta sur ses pieds.

Elle poussa un cri déchirant puis s'élança vers Michael :

– Vous êtes sain et sauf ! Vous n'êtes pas blessé ! Ô merci, mon Dieu !

Il l'entoura de ses bras. À la lueur de la lune, il pouvait voir une expression de terreur briller dans ses yeux. Il l'attira contre lui et ses lèvres se posèrent sur les siennes.

Elle frissonnait mais, plus il l'embrassait, plus il sentait son corps se fondre au sien.

Elle avait des lèvres douces et innocentes. Et pourtant, elle frémissait d'extase.

Il avait embrassé de nombreuses femmes dans sa vie, mais ce baiser-là avait une saveur unique. C'était une merveille, une splendeur, un miracle. Il eut la certitude qu'Adela et lui étaient liés l'un à l'autre par une chaîne invisible mais indéfectible. Par quelque étrange prodige, chacun était devenu une partie de l'autre.

Il l'embrassa jusqu'à perdre haleine. Alors, quand il leva la tête, Adela dit :

– Je… Je vous aime, je vous aime !

– Moi aussi, mon amour. Mais nous devons partir immédiatement.

– Est-ce que nous fuyons les Russes ? demanda-t-elle, à nouveau effrayée.

– Les Russes sont morts. Tous les deux. Je n'ai pas le temps de vous expliquer. Il faut partir.

Il la prit par la main et ils retraversèrent le jardin en courant presque. En approchant du château, il s'arrêta et dit :

– Allez aux écuries. Je suppose que vous trouverez un palefrenier en service. S'il dort, réveillez-le et demandez-lui d'atteler nos chevaux à notre voiture. Je vous rejoindrai dès que je pourrai, avec nos bagages. Vous avez bien compris ce que vous avez à faire ?

– Oui… j'ai compris.

Elle tourna les talons et longea le château en courant. Les écuries étaient à l'ouest.

Michael se faufila à l'intérieur par la porte qu'il avait laissée ouverte et gravit l'escalier de service. Quand il atteignit le premier palier, il se dirigea au fond du corridor qui donnait sur la chambre de maître.

Il n'y avait personne en vue. Il pensa que les fêtards, imbibés d'alcool, s'étaient affalés dans les salles de réception.

Il ouvrit la porte de la chambre où avaient dormi tous les ducs de Grangemoore depuis des générations.

La pièce était plongée dans la pénombre. Comme les volets n'étaient pas fermés, il y avait juste assez de lumière pour voir un homme couché sur l'immense lit à baldaquin drapé de velours rouge.

Il alla prendre une des chandelles qui restaient allumées en permanence dans les bougeoirs du corridor et s'approcha du lit en la tenant de la main gauche.

La tête de Cyril était posée sur les oreillers. Il paraissait endormi. Mais, fort de sa longue expérience, Michael vit au premier coup d'œil qu'il était mort.

Inutile de tâter son pouls pour s'en assurer. Inutile également de chercher une quelconque blessure. Avant son départ des Indes, Michael avait appris que les Russes avaient inventé un nouveau poison, qu'on injectait dans les veines et qui ne laissait aucune trace. Le produit mortel agissait en quelques secondes.

Michael contempla le cadavre un instant.

L'explication était simple. Sachant que Michael avait hérité du titre de duc, les Russes avaient supposé qu'il occuperait la chambre de maître.

Ironie du sort : l'imposture de Cyril, prêt à tout pour prendre la place du nouveau duc, avait signé sa perte.

En même temps, Michael comprenait que ce serait une grave erreur de sa part que de rester.

Il ne devait pas se trouver à Grangemoore Hall quand le médecin constaterait la mort et diagnostiquerait une crise cardiaque. Et Adela ne devait en aucun cas être en contact avec les redoutables amis de Cyril.

Il quitta la chambre et reposa la chandelle dans le bougeoir d'argent.

Puis, il monta au second étage et empaqueta ses bagages avec une rapidité qui aurait fait l'admiration du valet le plus zélé. Il passa ensuite dans la chambre d'Adela et fourra ses affaires dans son balluchon.

Quand il trouva son coffret à bijoux dans un tiroir, il prit le temps de vérifier qu'il était bien fermé. Il ne l'était pas et il put voir un somptueux collier d'émeraudes.

Cela lui rappela que le père d'Adela était prospecteur et avait découvert des gisements de pierres précieuses en Russie. C'était la raison pour laquelle elle avait compris ce que disait Agni.

Si elle n'avait pas parlé leur langue, une mort violente l'aurait attendu dans un avenir plus ou moins proche car, dès qu'ils auraient appris leur méprise, les Russes se seraient à nouveau lancés à sa poursuite et auraient indubitablement retrouvé sa trace.

« Comment peut-on avoir une telle chance ? C'est la Providence qui a mis sur mon chemin une fille aussi intelligente et belle », pensa-t-il.

Il redescendit l'escalier, chargé du balluchon et de ses valises. Mais au lieu de se rendre à la cuisine, il alla dans le vestibule. Il y avait quelques chandelles allumées, ce qui lui procura une lumière suffisante pour déverrouiller la porte d'entrée et poser les bagages sur le perron.

Ensuite, il se rendit dans la salle de séjour pour voir si l'héritière s'y trouvait toujours.

Elle était encore allongée sur le divan où il l'avait laissée. Une tasse et une cuiller sur la table à côté d'elle indiquaient que Jason lui avait redonné une dose de drogue pour la maintenir inconsciente jusqu'à l'arrivée du pasteur le lendemain matin.

Sur la table, il y avait aussi la licence spéciale. Michael la ramassa et la glissa dans sa poche. Puis, laissant la porte ouverte, il retourna dans le vestibule et gagna le cabinet du régisseur. Là, il trouva du papier, de l'encre et une plume sur le bureau de M. Barrett.

Monsieur,

M. Cyril m'a renvoyé et m'a prié de déguerpir immédiatement. Je m'en vais avec ma sœur.

Merci à vous et à Mme Smithson pour votre bonté,

Martin Morris.

Sans perdre un instant, il alla rejoindre Adela devant les écuries avec les bagages.

Elle avait suivi ses instructions : un palefrenier, quoique un peu somnolent, avait attelé les chevaux et elle était déjà assise dans la voiture.

– J'ai fait tout ce que vous m'avez demandé, dit-elle à Michael.

– Vous avez été magnifique, répondit-il. J'ai emballé vos affaires.

Il posa le balluchon à côté d'elle et rangea ses valises dans le coffre.

Quand tout fut prêt, il s'adressa au palefrenier :

– Il y a deux chevaux attachés en haut du sentier qui mène à la cascade. Allez les chercher et lâchez-les dans le paddock.

– Bien sûr, m'sieur.

Michael lui donna un souverain d'or. Le garçon regarda la pièce avec incrédulité et bredouilla des remerciements empressés.

Michael prit place sur le siège et manœuvra la voiture dans la cour pavée. Les chevaux étaient frais. Il dut les retenir fermement pour s'arrêter devant la porte d'entrée.

– Il y a quelqu'un que nous devons emmener avec nous, dit-il à Adela en lui tendant les rênes.

Il sauta de voiture, gravit les marches deux à deux et revint presque immédiatement, tenant dans ses bras Mlle Musgrove, toujours couverte d'un plaid.

Adela le regarda avec étonnement déposer la femme à côté d'elle.

– Elle est droguée et sans connaissance, murmura-t-il. Veillez sur elle, nous n'allons pas loin.

Il grimpa sur le siège, reprit les rênes des mains d'Adela et lança les chevaux sur l'allée cavalière. C'était la phase la plus risquée de l'opération. Mais il n'était guère probable que Jason les vît par la fenêtre et, même si cela était, il n'aurait pas le temps de descendre pour les arrêter.

D'ailleurs, tout se passa bien. Ils n'entendirent personne crier derrière eux.

Jason avait dû se soûler avec les autres avant d'aller se coucher. Il aurait une mauvaise surprise à son réveil en découvrant que la millionnaire qu'il convoitait s'était envolée.

Pendant qu'ils roulaient, Adela, qui soutenait la jeune femme, se tourna vers lui pour demander :

– Qui est-elle et pourquoi est-elle dans cet état ?

– Un des hommes qu'on vous a interdit de voir l'a kidnappée, répondit-il. Elle est très riche et il en voulait à son argent.

– Oh, la pauvre femme ! C'est très courageux de votre part de l'avoir sauvée.

– Attendez. J'espère l'avoir sauvée, mais elle n'est pas encore hors de danger.

Il franchit le portail et tourna à gauche, se rappelant la direction que le valet lui avait indiquée.

C'était le bon chemin : un kilomètre plus loin sur la route, il y avait un autre portail, mais moins imposant que celui du château de Grangemoore.

Michael arrêta ses chevaux devant le pavillon du gardien, sauta à bas de la voiture et martela bruyamment la porte.

Au bout d'un certain temps, quelqu'un passa la tête par une fenêtre. Il semblait que ce fût un visage masculin.

Deux minutes plus tard, la porte fut ouverte par un homme d'un certain âge qui tenait une chandelle.

– Qu'est-ce que c'est ? demanda-t-il.

– Je vous ramène votre maîtresse, répondit Michael. Elle a été kidnappée et droguée.

– Qu'est-ce que vous dites ? Ça ne peut pas être Mlle Musgrove.

– Elle est dans ma voiture. Je vous l'amène. Si vous avez une femme, faites-la descendre pour qu'elle veille sur elle.

Michael savait se faire obéir et le gardien comprit qu'il avait affaire à un chef. Il appela sa femme dans l'escalier.

Pendant ce temps, Michael prit Mlle Musgrove dans ses bras et la porta jusque dans le pavillon.

La femme du gardien venait de descendre. Elle était vêtue d'une robe de chambre en flanelle et sa tête était hérissée de bigoudis.

– Mais c'est Mlle Musgrove ! s'exclama-t-elle quand Michael entra. Je n'arrivais pas à croire ce que me disait mon mari.

– Je l'ai arrachée à ses ravisseurs, expliqua Michael. Veillez sur elle jusqu'à ce qu'elle retrouve ses esprits. Mais prenez garde, ils peuvent essayer de recommencer.

La femme poussa un cri d'horreur.

Michael installa Mlle Musgrove dans un fauteuil et l'homme glissa un tabouret sous ses pieds.

– Je vous conseille de rassembler tous les hommes valides de la propriété, dit Michael. Qu'ils montent la garde. Les ravisseurs ne vont peut-être pas s'en tenir là. Soyez parés à toute éventualité.

– Je n'en reviens pas ! fit la gardienne. Ici, en pleine campagne, des vilenies pareilles ! Si vous voulez mon avis, c'est encore un coup de ces messieurs du château.

Michael préféra ne pas s'étendre sur le sujet.

– Veillez bien sur elle, reprit-il, et, quand elle sera rétablie, dites-lui d'être plus prudente à l'avenir.

– Je suppose qu'elle voudra vous remercier de l'avoir sauvée, monsieur, dit l'homme.

– Je ne veux pas de remerciements. Je me contente de la savoir en sécurité et de lui avoir épargné une rançon sans doute considérable.

Michael pensait qu'il valait mieux présenter les choses de cette façon et il était convaincu que Mlle Musgrove ne démentirait pas sa version quand elle aurait repris conscience.

C'eût été une erreur de lui dévoiler l'identité de son sauveur. Il était préférable pour elle de rester dans l'ignorance.

Dans l'immédiat, Michael avait un autre impératif : fuir. Il se hâta de regagner la voiture, manœuvra ses chevaux avec maestria et s'engagea sur la route. Le gardien le regarda partir en lui faisant un signe de la main.

– Vous vous êtes conduit en héros, dit Adela. Mais comment cette pauvre femme a-t-elle pu être droguée ?

– Je n'en ai aucune idée, répondit Michael. Il est inutile d'épiloguer là-dessus. Suivez mon conseil : oubliez cette péripétie.

Elle poussa un soupir :

– Vous avez raison. Je veux oublier tout ce qui s'est passé cette nuit. Enfin… presque tout.

Elle le regarda, et il comprit qu'elle ne pourrait jamais oublier ce qu'il s'était passé dans le pavillon de bois.

Ils repassèrent devant les grilles de Grangemoore. Puis, comme la route était toute droite, il lâcha la bride de ses chevaux et les laissa galoper du plus vite qu'ils pouvaient.

– Où allons-nous ? demanda Adela.

Michael observa un court silence, puis répondit :

– Nous allons nous marier.

Elle fut interloquée.

– Que… qu'avez-vous dit ?

– Eh bien, vous m'avez demandé où nous allions et je vous ai répondu que nous allions nous marier, ma chérie.

Elle se pressa contre lui.

– Je… Je n'arrive pas à le croire. Vous voulez vraiment que je sois… votre femme ?

– Je vous aime et je crois que vous m'aimez aussi, mon adorée.

– Oh ! oui, je vous aime… Je vous aime de tout mon cœur et de toute mon âme. Mais je ne savais pas que ce que je ressentais pour vous était de l'amour jusqu'à ce que vous… jusqu'à ce que vous m'embrassiez.

Michael sourit, mais se garda de l'interrompre.

– Je voulais seulement être près de vous, poursuivit-elle. J'avais peur quand j'étais seule. Mais je savais depuis le début que vous étiez… l'homme le plus merveilleux que j'aie jamais rencontré.

– Ah ? Je croyais que vous étiez contente d'être ma sœur.

– Je me serais contentée de n'importe quoi pour que vous ne me renvoyiez pas.

– Comment aurais-je pu ? Moi, vous laisser partir ? Après vous avoir vue ? Vous êtes cent fois trop belle, mon aimée. Mais cette beauté pose un problème.

– Vous voulez dire… à cause des hommes qui habitent le château ? Vous deviez vous efforcer de me tenir à l'écart, je sais. Mme Smithson m'a mise en garde. Elle m'a expliqué que c'étaient d'odieux personnages et qu'il ne fallait absolument pas qu'ils me voient.

– Grâce à Dieu, ils ne vous ont pas vue ! Mais maintenant, si je veux pouvoir veiller sur vous jusqu'à la fin de mes jours, je n'ai pas le choix : je dois vous épouser.

– Êtes-vous bien sûr que c'est ce que vous voulez ? Vous semblez être un homme qui tient à… à sa liberté. Et il doit y avoir des centaines de femmes qui rêvent de vous épouser.

– Des centaines, non, n'exagérons pas. Mais c'est vrai, avant de vous rencontrer, je n'avais aucune envie de me marier.

– Je n'arrive pas encore à y croire, dit Adela avec un tremblement de bonheur dans la voix. C'est trop beau. Si je deviens votre femme, belle-maman ne pourra plus rien contre moi.

– Plus rien. C'est bien pour ça que nous devons nous marier, toutes affaires cessantes. Il y a urgence.

Il vit qu'Adela était perplexe : un mariage ne pouvait pas se régler à la sauvette, cela nécessitait des préparatifs. Elle n'avait jamais entendu parler de « procédure d'urgence » à ce propos.

Il s'expliqua :

– Je me suis procuré une licence spéciale. Il me suffit de changer les noms qui s'y trouvent et le tour est joué.

– Mais est-ce bien... légal ?

– Hum... considérons que ça l'est. Quoi qu'il en soit, je doute que le pasteur pose des questions.

– Ainsi donc, nous pourrons réellement nous marier ! Mais où ? Et comment ? Je n'ai pas de robe convenable pour la cérémonie.

– Laissez-moi m'occuper de tout cela Tout ce que je vous demande, c'est de me faire confiance.

– Vous savez bien que je vous ferai toujours confiance. Je m'en remets entièrement à vous et je suivrai vos instructions à la lettre. Je ne suis pas le moins du monde inquiète mais... vous comprendrez que... je veux être jolie le jour de mes noces. Je veux me faire belle... Pour vous !

– Pour ça, vous n'aurez aucun mal. Vous êtes tout simplement la plus jolie femme que j'aie vue de ma vie. Peu importent vos vêtements. Ce n'est pas cela qui compte. C'est vous. Au diable les fanfreluches ! Je vous veux telle que vous êtes.

Elle posa la joue contre le bras de Michael, amoureusement, et dit :

– Est-ce un rêve ?

– Je me le demande moi-même, avoua-t-il. Si le destin ne vous avait pas mise sur ma route, je serais mort à l'heure qu'il est.

– Ne dites pas cela ! Je suis convaincue que c'est mon ange gardien qui m'a conseillée de vous faire signe sur cette route. C'est lui aussi qui vous a incité à dire oui quand je vous ai supplié de m'emmener.

– Votre ange gardien et le mien ont encore du pain sur la planche jusqu'à notre mariage. Pour l'instant, nous n'avons qu'une chose à faire : rouler le plus vite possible.

– Allons-nous à Londres ?

– C'est notre destination, mais nous devrons nous arrêter quelque part en chemin. La meilleure solution, je pense, est de descendre à l'auberge *Fox & Goose* que nous connaissons déjà.

– Oh oui ! Quelle merveilleuse idée ! Allons là-bas. C'était un si joli endroit et ils étaient si aimables. Et puis, je m'y sentais tellement en sécurité ! Parce que... j'étais avec vous.

– À partir d'aujourd'hui, vous serez toujours en sécurité.

Ils suivirent la route en silence. La lune et les étoiles s'estompaient. Les premières lueurs du jour blanchissaient l'horizon à l'est. La campagne était mordorée.

Michael commençait à avoir faim. Il n'avait rien absorbé depuis son bref repas avec Mme Smithson la veille au soir.

Sa carte indiquait un petit village à quelque distance devant eux. Ils s'y arrêtèrent pour prendre une légère collation à l'auberge.

L'établissement était très ordinaire et manquait de cachet.

Ils parlèrent peu. Leur intimité fut perturbée par la présence de deux commis à une table voisine.

Michael mangea des œufs au lard et avala un café insipide, tandis qu'Adela se contentait d'une tasse de thé et de quelques biscuits. Puis ils reprirent la route sans tarder.

Le soleil était déjà haut dans le ciel et le fond de l'air était doux. Dans les villages qu'ils traversaient, les auberges n'étaient pas très accueillantes. Il était déjà une heure de l'après-midi lorsqu'ils en trouvèrent enfin une à leur convenance. De nouveau, ils se contentèrent d'un repas frugal.

En consultant sa carte, Michael constata avec soulagement que le village où ils avaient séjourné précédemment n'était plus qu'à quelques lieues.

Ils quittèrent l'auberge puis, à la surprise d'Adela, il arrêta ses chevaux au bord de la route, à l'ombre d'un orme.

– Pourquoi nous arrêtons-nous ? demanda-t-elle.

– J'ai quelque chose à faire, répondit-il.

À ces mots, il lâcha les rênes et gagna l'arrière de la voiture. Là, il ouvrit l'une de ses valises et en sortit le coffret dans lequel il serrait ses documents importants.

À l'intérieur, il y avait son encrier, sa plume et un petit attirail qu'il avait souvent utilisé dans ses missions secrètes : un étrange appareil qui, au moyen d'un mystérieux produit – une sorte de gomme – permettait d'effacer des mots sur les lettres et les papiers officiels.

Il s'assit sur la malle, sortit de sa poche la licence spéciale et effaça successivement les noms de Jason et de Margaret Musgrove.

Ce fut alors qu'il se rappela, avec un sourire amusé, qu'il ignorait le nom d'Adela – et qu'elle ignorait le sien.

Il revint vers elle en tenant la licence spéciale à la main.

– Figurez-vous, mon amour, que je ne connais toujours pas votre nom, dit-il. Il serait peut-être temps de me l'apprendre.

Elle rit.

– Je me demandais quand vous vous décideriez à me poser la question ! Tout en craignant que, lorsque vous saurez qui je suis en réalité, vous ne refusiez de m'épouser.

– Je vous épouserai quel que soit votre nom. Mais je dois vous avouer, ma chérie, que je vous ai menti – pour une raison que je vous expliquerai plus tard. Je ne me nomme pas Martin Morris, mais Michael Moore. Pensez-vous pouvoir vous habituer à m'appeler Michael dorénavant ?

En disant cela, il se pencha vers elle et ses lèvres cherchèrent les siennes.

Depuis leur départ, il avait dû faire appel à toute sa force de caractère pour ne pas l'embrasser, mais son désir était trop fort. Incapable de résister plus longtemps à sa passion, il baisa sa bouche, délicatement d'abord, puis avec fougue.

– Je vous aime... je vous aime tant, murmura Adela. Il y a si longtemps que j'attends ce baiser.

– Et il y a longtemps que je brûlais de vous le donner, ma bien-aimée. Mais nous devons garder la tête froide. Nous ne sommes pas encore tirés d'affaire. Hâtons-nous de nous marier.

Elle le regarda avec adoration.

Aucune femme ne pouvait être plus belle, songea-t-il.

– Bien. Si nous commencions par le commencement ? reprit-il. Quel est votre nom ?

– Crawley. Papa était lord Crawley.

Michael la considéra avec étonnement.

– Vous voulez dire le célèbre lord Crawley qui a découvert ce magnifique tombeau en Égypte ?

– Oui. C'était il y a bien longtemps. Il était encore jeune. En fait, c'est cette découverte qui a décidé de sa carrière et qui lui a mis le pied à l'étrier. Il s'est alors spécialisé dans la prospection des minerais et des gemmes.

– J'aurais dû m'en douter quand vous m'avez révélé que c'était lui qui avait trouvé l'or du Caucase et les émeraudes de l'Oural. J'ai toujours admiré les travaux de votre père et j'ai lu avec beaucoup d'intérêt un livre qu'il a écrit sur le sujet.

– Vraiment ? Oh ! c'est merveilleux. Comme je voudrais que papa soit encore en vie pour vous parler de ses découvertes ! Il y en a eu tant ! Et elles n'ont plus de secret pour moi.

– Je suis impatient d'écouter vos récits. Ce sera notre principal sujet de conversation quand vous serez lasse de m'entendre vous dire que je vous aime.

– Oh… je ne me lasserai jamais de cela !

Elle passa un bras autour de son cou et l'attira vers elle.

– Ne me tentez pas… le temps presse, dit-il. Nous avons encore beaucoup à faire avant que vous ne soyez ma femme.

– Alors, dépêchons-nous de nous marier !

Il l'embrassa encore.

Puis, il retourna à ses travaux d'écriture, inscrivit le nom d'Adela et celui de Michael Moore, préférant attendre encore avant de révéler officiellement qu'il était le duc de Grangemoore.

Il examina sa falsification d'un œil critique et le résultat lui parut satisfaisant : il était presque impossible de déceler que les noms avaient été changés. De toute façon, il était fort peu probable que le pasteur se montre soupçonneux.

En quittant le *Fox & Goose,* il avait remarqué une très jolie église romane à la sortie du village. Ce serait un endroit rêvé pour se marier.

Il rangea son nécessaire dans la valise, attendit que l'encre sèche sur la licence spéciale et revint s'asseoir à la place du conducteur.

– Nous ne sommes plus loin maintenant, dit-il.

Ils atteignirent bientôt le joli village et sa vieille église. Michael fit halte devant le presbytère et descendit de voiture.

Lorsqu'il sonna à la porte, un homme d'un certain âge, vêtu en clergyman, avec le col blanc des prêtres anglicans, vint lui ouvrir.

– Je présume que vous êtes le pasteur de cette paroisse, dit Michael.

– En effet, répondit l'ecclésiastique, et je me demandais qui pouvait bien sonner à cette heure car je n'attendais aucune visite.

– En ce cas, je suis désolé de vous déranger, mais c'est un cas de force majeure. Je désire me marier avec la dame qui m'accompagne. J'ai ici une licence spéciale.

– Ça, par exemple ! Pour une surprise, c'est une surprise, s'exclama le pasteur. Il y a fort longtemps que je n'ai célébré un mariage par licence spéciale.

– Mlle Crawley et moi-même aimerions que la cérémonie ait lieu au plus vite. Peut-être avez-vous entendu parler du père de ma future épouse ? Il s'agit de lord Crawley, le célèbre archéologue.

– Certainement. Sa découverte de ce tombeau égyptien a fait la une des journaux en son temps. Mais ça ne date pas d'hier. Vous deviez être en culotte courte à l'époque… Je vois que vous avez fait une longue route, ajouta-t-il en regardant de nouveau la licence spéciale. Le voyage a dû fatiguer Mlle Crawley. Elle aimerait peut-être entrer pour se reposer. Les préparatifs de la cérémonie vont me prendre quelque temps.

– C'est très aimable à vous.

– Menez vos chevaux à l'écurie. Vous y trouverez un homme qui leur donnera de l'avoine et de l'eau.

– Magnifique ! Ils en ont bien besoin. Merci mille fois.

Michael retourna à la voiture pour prévenir Adela.

– Le pasteur vous offre l'hospitalité, afin que vous puissiez faire un brin de toilette avant notre mariage. Qu'en dites-vous ?

– Que Dieu le bénisse ! répondit-elle.

Elle descendit de l'attelage, prit son sac et gagna le presbytère.

Entre-temps, le pasteur était allé chercher son épouse, qui arriva un instant plus tard. C'était une femme très avenante, aux cheveux gris, qui semblait enchantée par la perspective de ce mariage inattendu.

– Je suis sûre que vous avez envie de vous faire une beauté, dit-elle à Adela. Entrez donc, mon enfant.

Michael, quant à lui, alla s'occuper des chevaux. Un garçon d'écurie, qui déclara être au service du pasteur depuis plusieurs années, promit de prendre soin des bêtes.

En revenant au presbytère, Michael méditait. Était-ce possible ? N'était-ce pas un rêve, un produit de son imagination ? Il avait l'impression de vivre un épisode de roman.

Il avait toujours été un homme d'action, mais toutes ces péripéties en si peu de temps avaient de quoi lui faire tourner la tête. Amour, intrigues, passion... meurtre !

Oui, meurtre. ou plutôt justice : il avait tué Agni, certes, mais Agni avait sur les mains le sang de dizaines de Britanniques. Pour tous ses anciens compagnons du Grand Jeu, Agni était l'ennemi numéro un. Il était urgent de rendre compte de sa mort au vice-roi.

Michael décida de rédiger un rapport dès son arrivée à Londres. Il irait au ministère des Affaires indiennes et enverrait un message codé au marquis par câble – une nouvelle invention qui permettait de communiquer avec toutes les parties de l'Empire.

Dans l'immédiat, il avait un autre problème, un problème nouveau : mettre de l'ordre à Grangemoore Hall.

Maintenant que Cyril était mort, ce ne serait pas trop difficile.

Il songea une fois de plus qu'il avait eu une chance extraordinaire de rencontrer Adela juste au moment où il avait le plus besoin d'elle.

Non seulement il l'aimait éperdument, comme jamais il n'avait aimé une femme auparavant, mais encore il lui devait la vie. Sans elle, il eût été victime des fourbes entreprises du traître Agni.

« Pas d'erreur : je suis vraiment l'homme le plus chanceux du monde », se dit-il en ouvrant la porte de la maison du pasteur.

7

Adela suivit la femme du pasteur dans une chambre à l'étage, en portant son balluchon.

– Si vous le permettez, je crois que je vais me changer, dit-elle. J'ai avec moi une robe blanche et je préférerais me marier en blanc.

– Mais bien sûr ! En blanc, en blanc ! approuva la femme. Et je suppose que vous avez un voile.

– Hélas non, fit Adela en hochant la tête. Nous sommes partis trop précipitamment...

– Il vous a enlevée ! s'exclama la vieille dame en joignant les mains. Comme c'est romantique !

Adela estima qu'il était inutile de la contredire et commença à déballer ses affaires.

Son balluchon contenait une robe de mousseline blanche qu'elle avait l'habitude de mettre, chez elle, pour dîner avec son père. Une toilette très simple, mais tout à fait ravissante.

Elle l'enfila en pensant à Michael. Lui plairait-elle dans cette tenue ? La trouverait-il assez jolie ?

La femme du pasteur lui boutonna le dos en répétant :

– Un voile… Je vais vous trouver un voile.

Elle ouvrit une armoire.

– Là ! fit-elle. J'ai ce qu'il vous faut !

Elle se haussa sur la pointe des pieds et attrapa quelque chose sur la dernière étagère.

– Voilà, regardez. Mon propre voile de mariée ! Et j'ai aussi une couronne de fleurs d'oranger. Je les ai gardés pour ma fille aînée en espérant qu'elle les porterait pour ses noces.

– Vous me les prêtez ? Oh, merci, vous êtes trop bonne. Je vous promets que j'en prendrai le plus grand soin.

– Ça vous ira à merveille, vous verrez. Ô mon Dieu, mon Dieu, je me sens rajeunir ! Ça me fait tout drôle.

Elle aida Adela à placer le voile et la couronne sur sa tête.

Quand la jeune fille se regarda dans la glace, elle se dit qu'elle ressemblait enfin vraiment à une mariée.

« Il me faudrait aussi un bouquet », pensa-t-elle sans oser le dire.

Voyant qu'elle s'impatientait, la femme du pasteur la rassura :

– Rien ne presse, mon enfant. Nous avons tout notre temps. Mon mari doit encore aller demander au bedeau d'ouvrir l'église. C'est lui qui sera le premier témoin. Je serai le second. Et…, ajouta-t-elle en souriant, je tiendrai l'orgue. J'ai quelques jolies partitions et, sans fausse modestie, je dois avouer que je ne joue pas mal.

– Quelle chance ! Un mariage sans musique n'est pas tout à fait un mariage.

– Je connais une merveilleuse marche nuptiale, vous verrez.

Quand elles furent enfin prêtes, elles descendirent et trouvèrent Michael seul. Ainsi que l'avait supposé la vieille dame, le pasteur était allé prévenir le bedeau.

– À présent, dit-elle, je suis sûre que vous aimeriez tous deux une bonne tasse de thé. Je me trompe ?

– Oh, non, vous ne vous trompez pas. Nous acceptons avec plaisir, répondit Michael.

Elle quitta la pièce, les laissant seuls. Aussitôt, Michael tendit les bras à Adela.

– Est-ce vrai ? Est-ce… vraiment vrai ? Nous allons nous marier ? dit-elle.

– Jamais on n'aura vu plus jolie mariée que vous, mon ange, affirma-t-il. Vous êtes telle que je vous rêvais. Belle comme le jour.

Les mots étaient inutiles. Il l'embrassa… et l'embrassa… et l'embrassait encore quand ils entendirent la vieille dame revenir avec le thé.

Lorsque le pasteur fit sa réapparition, ils avaient presque fini le cake et les petits pains beurrés chauds qui leur avaient été généreusement servis.

– Tout est arrangé, dit l'homme d'église. Et je vous ai apporté ceci.

Il tenait à la main un petit bouquet de fleurs blanches.

Adela poussa un cri de joie.

– Oh, comme c'est gentil ! s'exclama-t-elle. Votre épouse a déjà eu la bonté de me prêter un voile et une couronne. Il ne me manquait que le bouquet.

– Et bien voilà, le mal est réparé, dit le pasteur. Maintenant, vous avez tout d'une jeune mariée modèle.

Il s'assit à leur table et partagea leur thé.

Michael ne voulait pas le presser. Il attendit patiemment qu'il se décide à se lever et à les conduire jusqu'au parvis, lequel était séparé du presbytère par un jardin propret et bien entretenu.

Le bedeau avait ouvert l'église. Pendant que le pasteur le présentait aux futurs mariés, sa femme s'éclipsa dans la nef pour s'installer à l'orgue.

Quand ils entrèrent, une musique de circonstance les accueillit. La bonne dame n'avait pas menti : elle avait un certain talent. Il n'y avait pas une fausse note.

Ils durent patienter encore un instant, le temps que le pasteur enfile ses vêtements sacerdotaux, puis remontèrent l'allée centrale, main dans la main, et s'immobilisèrent devant l'autel.

Six cierges avaient été allumés et les rayons du soleil, passant à travers les vitraux, coloraient le saint lieu de lueurs diffuses comme une aquarelle.

L'office se déroula dans une solennité parfaite. Michael prêta serment avec une ferveur extrême et Adela pria en secret pour que Dieu leur accorde le bonheur.

Lorsqu'ils s'agenouillèrent pour recevoir la bénédiction, elle eut l'impression que le Seigneur lui touchait l'épaule.

« Je l'aime… se dit-elle, je l'aime de toute mon âme. Ô mon Dieu, ô Notre Père qui êtes aux cieux, donnez-moi la force de le rendre heureux et faites qu'il ne regrette jamais de m'avoir épousée. »

Cette prière venait du plus profond de son cœur.

Quand ils se relevèrent, le pasteur dit à Michael :

– Maintenant, vous pouvez embrasser la mariée

Ce fut un baiser très tendre, mais empreint d'un immense respect, comme un acte de révérencieuse allégeance.

Puis ils signèrent le registre et retournèrent au presbytère. À la surprise d'Adela, le pasteur insista pour leur offrir une coupe de champagne, afin de pouvoir porter un toast en leur honneur. Il leur présenta des vœux sincères de bonheur et de santé.

Elle fut très touchée par son geste, convaincue qu'il avait conservé ce champagne pour une grande occasion personnelle. Elle interpréta ce don comme une inestimable offrande.

L'après-midi touchait à sa fin. Les ombres s'allongeaient et le ciel se teintait à l'ouest de roseurs annonciatrices d'un crépuscule idyllique et enchanteur.

Pendant que Michael allait récupérer la voiture, Adela ôta sa couronne et son voile, et remercia avec effusion la femme du pasteur pour sa générosité.

– Vous ne mettez pas de manteau ? lui demanda celle-ci. Vous n'avez pas peur d'attraper froid, mon enfant ?

– Oh, je ne crois pas que nous allions encore loin, répondit Adela, sans autre précision.

Puisque Michael ne leur avait pas dit qu'ils passeraient leur nuit de noces au *Fox & Goose,* elle jugea inutile de le faire.

Quand elle quitta le presbytère, la voiture attendait devant la porte. Elle remercia le pasteur avec une émotion éloquente et embrassa sa femme. Quant à Michael, il remit discrètement à l'ecclésiastique un don princier pour les bonnes œuvres de la paroisse.

– Je ne leur ai pas dit que nous descendions au *Fox & Goose.* Et vous ? demanda Michael comme ils s'éloignaient en direction du centre du village.

– Moi non plus, répondit Adela. J'ai pensé que vous vouliez garder le secret.

– Nous pourrions poursuivre notre route, mais je crois que nous sommes tous deux fatigués. Nous n'avons pas dormi la nuit dernière.

– Je suis trop heureuse pour ressentir la fatigue.

Michael lui sourit et s'engagea dans la cour de l'auberge.

Le tenancier vint à leur rencontre.

– Une sacrée surprise de vous revoir, monsieur Morris ! s'exclama-t-il. Mais c'est un plaisir.

Michael mit pied à terre et le palefrenier vint aussitôt s'occuper des chevaux.

– Nous avons fait une longue route, lui dit Michael. Ils ont besoin d'une bonne nuit de repos.

– Z'en faites pas pour eux, je vais les bichonner, m'sieur, répondit le garçon d'écurie.

Les deux « tourtereaux » entrèrent dans l'auberge. La femme du tenancier sortit précipitamment de sa cuisine.

– Dieu me pardonne, je ne m'attendais vraiment pas à vous revoir, tous les deux ! fit-elle. Mais je suis bien contente.

– Nous avons une révélation à vous faire, répondit Michael. Nous venons de nous marier dans votre charmante petite église à l'autre bout du village.

L'aubergiste et sa femme ne cachèrent pas leur surprise :

– Vous marier ? Mais nous pensions que…

– Je vais tout vous expliquer. Lorsque nous sommes venus, l'autre nuit, nous étions en fuite. Nous avions peur d'être suivis et, pour brouiller les pistes, je vous ai donné un faux nom en vous faisant croire qu'Adela était ma sœur. En vérité, je m'appelle Michael Moore, ainsi que le pasteur peut en témoigner !

– Et vous voilà mariés ! dit la femme, qui n'en croyait pas ses oreilles.

– Oui, mariés. Nous souhaitons passer la nuit ici et, si possible, nous aimerions un bon repas pour fêter nos noces.

– Pour sûr ! approuva la femme. Je m'en occupe, comptez sur moi.

Elle se tourna vers Adela.

– Vous connaissez le chemin, mademois… madame, je vous laisse monter. Je suppose que vous voulez la chambre avec le lit à colonnes.

– Je l'ai trouvée très confortable, dit Michael. Je craignais un peu que vous n'ayez un autre client.

– Vous êtes les seuls.

– Tant mieux. Nous préférons cela, fit Michael avec un petit sourire.

Puis, à la grande surprise de l'aubergiste, il réserva deux chambres.

– Le dîner sera prêt dans une demi-heure, dit la femme en disparaissant dans sa cuisine pour s'affairer devant ses fourneaux.

– Vous désirez sans doute boire quelque chose ? demanda l'aubergiste.

– Si vous aviez une bouteille de champagne, ce serait parfait, répondit Michael. Sinon, donnez-nous votre meilleur vin blanc.

– Je crois qu'il me reste une bouteille de mousseux quelque part… si j'arrive à mettre la main dessus.

À ces mots, il descendit inventorier sa cave et les deux jeunes mariés montèrent dans leur chambre nuptiale.

Adela déballa ses affaires. Elle avait une ravissante chemise de nuit, qu'elle étendit sur le lit. Michael, incapable de résister plus longtemps au désir de la serrer contre lui, la prit dans ses bras en disant :

– À présent, vous êtes à moi, mon amour. Je suis convaincu que vous m'êtes envoyée par les dieux et qu'un avenir radieux s'ouvre devant nous. Finis, les drames.

– L'essentiel est que vous soyez désormais hors de danger, fit-elle.

– Tant que vous veillerez sur moi, je n'aurai rien à craindre. Vous êtes un peu mon ange gardien. Vous me l'avez prouvé.

Il l'embrassa avec ardeur, à perdre haleine et, quand l'aubergiste vint leur annoncer que le dîner était servi, Adela flottait sur un petit nuage.

Ils descendirent main dans la main. L'amour se lisait dans leurs yeux.

Le repas se passa comme dans un rêve. Adela n'aurait su dire ce qu'elle mangeait. Tout lui semblait un festin, peu lui importait la nature réelle des mets. Elle ne désirait qu'une chose : se lover dans les bras de son mari.

Quand ils eurent fini, Michael lui prit la main.

– Vous devez être épuisée, mon amour, dit-il. Montez vous coucher. Je vais m'assurer que les chevaux sont bien installés et je vous rejoins.

Elle sourit et fit ce qu'il lui demandait. De son côté, il se rendit aux écuries et constata, comme il s'y attendait, que les chevaux étaient bien traités. La paille était propre, on leur avait donné de l'avoine à satiété et ils avaient, chacun, un seau d'eau fraîche à sa disposition.

Le palefrenier était encore sur les lieux.

– C'est deux belles bêtes que vous avez là, m'sieur, commenta-t-il.

– Je viens de les acquérir et j'en suis très content, reconnut Michael.

– Les bons chevaux se font rares de nos jours, et vous avez bien de la chance de les posséder.

– Je suis tout à fait de votre avis.

En rentrant à l'auberge, il songea que, décidément, tout lui souriait depuis quelque temps : cet attelage était un coup de chance supplémentaire et il ne regrettait pas le prix qu'il lui avait coûté.

Il grimpa les marches deux à deux et s'enferma dans la seconde chambre, celle où il avait laissé sa valise tantôt. Là, il se déshabilla et se lava à l'eau froide. La journée avait été chaude et il se sentit vivifié.

Il se peigna et ouvrit la porte de la chambre d'Adela...

Elle n'avait pas tiré les rideaux de la fenêtre. Les derniers rayons du soleil rougissaient l'horizon. Une légère brise vespérale agitait délicatement les feuillages et l'étoile du berger scintillait déjà dans le ciel.

Il s'approcha lentement du grand lit à colonnes, prêt à enlacer Adela...

Mais elle dormait.

La tête posée sur l'oreiller, elle dormait.

Comme une enfant...

Ses cheveux tombaient sur ses épaules et ses mains, aux doigts si graciles, semblaient caresser les draps.

Il la contempla longuement.

Comme elle était belle ! Comme elle était différente de toutes les autres femmes qu'il avait connues ! Et si courageuse ! Elle avait joué son rôle de sœur à la perfection, avec une étonnante présence d'esprit et sans jamais commettre la moindre erreur.

« Elle est unique, pensa-t-il, absolument unique. »

Lentement, sans un bruit pour ne pas la réveiller, il tira les rideaux, retira sa robe de chambre et se glissa dans le lit à côté d'elle.

Il la désirait de toutes les fibres de son corps. Il brûlait de la serrer contre lui, de l'aimer enfin comme il voulait l'aimer.

Mais elle était fatiguée, elle avait passé une nuit blanche et il devait la laisser dormir, lui pardonner…

Au prix d'un effort presque surhumain, il fit taire son désir, tourna le dos résolument et ferma les yeux. Le sang battait à ses tempes et il crut qu'il ne pourrait jamais s'endormir. Mais il était à bout de forces, lui aussi, et, malgré les pensées passionnées qui se bousculaient dans sa tête, il finit par sombrer dans le sommeil à son tour.

À son réveil, il sentit quelque chose de chaud et de doux se presser contre lui. Instinctivement, il prit Adela dans ses bras. Elle lui baisa la joue.

– Je… me suis endormie, fit-elle, contrite. Oh, mon chéri, comment ai-je pu être assez sotte ?

– Vous étiez fatiguée, mon ange.

Des rais de lumière filtraient par les interstices des rideaux. C'était le matin. Ils avaient dormi toute la nuit, l'un et l'autre, sans se gêner.

– J'attendais que vous montiez, reprit-elle. J'étais impatiente, j'avais… tant de choses à vous dire et… Comment ai-je pu m'endormir avant notre nuit de noces ?

Michael rit.

– C'est ce que je me suis demandé en vous voyant. Et puis, je me suis dit que nous avions toute la vie pour nous aimer.

Il se tourna vers elle, baisa ses yeux, son nez, ses lèvres, sa gorge. Elle en éprouva des frissons inconnus. Tout son corps se mit à frémir.

Il savait qu'il devait être doux et prévenant avec elle, car elle était encore innocente et pure. Mais un feu intérieur le dévorait et il avait de plus en plus de mal à se dominer.

– Je t'aime ! dit-il. Dieu, que je t'aime ! Tu es la femme que je cherche depuis toujours et que je pensais ne jamais trouver.

– Je t'aime aussi, je t'aime… Ô mon amour, tu es le plus merveilleux des hommes.

Elle ne put en dire davantage. Il la couvrait de baisers sauvages et passionnés. Leurs deux corps s'épousaient, vibraient de la même ardeur.

Quand il la posséda complètement, ils s'envolèrent ensemble vers les étoiles et en plein cœur du soleil.

Longtemps, longtemps après, ils descendirent prendre leur petit déjeuner et partirent pour Londres.

– Où habiterons-nous, quand nous arriverons ? demanda Adela tandis qu'ils suivaient la grande route.

– À Grangemoore House, répondit Michael.

Adela le regarda avec surprise.

– Il y a une maison à Londres qui porte aussi ce nom ? Êtes-vous sûr que ce soit une bonne idée d'y aller ? Après ce qui s'est passé au château de Grangemoore, ce n'est peut-être pas indiqué.

– C'est la destination la plus logique, puisque cette maison m'appartient.

Elle écarquilla les yeux.

– Je ne comprends pas…

– Vous ne l'avez peut-être pas remarqué lorsque vous avez signé le registre matrimonial à l'église, mais Adela Crawley a épousé un homme nommé Michael Moore.

Adela médita un instant, puis reprit :

– Vous m'avez dit que vous vous appeliez Michael, en effet, mais... je ne vois toujours pas... (Elle hésita.) Je sais, bien sûr, que le château de Grangemoore appartient à la famille Moore. C'est la raison pour laquelle Cyril Moore s'y trouvait. Mais vous...

Elle s'interrompit, le souffle coupé, puis :

– Ne me dites pas que... que vous êtes le nouveau duc dont ils attendaient l'arrivée !

– Et pourtant si. C'est bien moi.

– Je... Je n'arrive pas à y croire ! Mme Smithson n'a cessé de me répéter qu'elle redoutait la réaction du duc lorsqu'il s'apercevrait de l'odieux comportement de M. Cyril.

– Maintenant vous comprenez pourquoi je me suis présenté au château sous une fausse identité. Je voulais me rendre compte par moi-même de ce qui se tramait et les choses auraient pu très mal tourner si cette bande d'usurpateurs avait su mon vrai nom.

– Bien sûr. Ce M. Cyril était capable de tout. Même... de vous assassiner.

– Vous ne croyez pas si bien dire. Ils avaient tout manigancé. J'aurais été victime d'un « accident » au bord de la cascade et mon lointain cousin Cyril aurait hérité du titre, en tant que 6e duc du nom.

Adela poussa un cri d'horreur, puis elle se serra contre lui et posa la main sur son genou.

– Tout est fini maintenant, dit Michael, rassurant. Il nous reste seulement à espérer que les domestiques auront remis de l'ordre dans le château quand nous y retournerons officiellement en qualité de duc et duchesse de Grangemoore.

– C'est extraordinaire. À aucun moment je n'aurais pu me douter que vous étiez le duc.

– J'ai été moi-même fort étonné de l'apprendre en lisant les journaux anglais à Alexandrie. Mais, désormais, nous n'avons plus rien à craindre. Notre seul souci est de tenir notre rang. Et, pour cela, avant de faire notre première apparition publique, nous allons vous acheter une garde-robe.

– Oh, Michael… ce sera un plaisir. Je voudrais tant être belle pour vous.

– Vous êtes belle telle que vous êtes, habillée ou déshabillée.

Il vit sa femme rougir et trouva la chose tout à fait charmante.

– Voici ce que nous allons faire, poursuivit-il. Nous allons vous acheter les toilettes les plus chères, les plus superbes que nous pourrons trouver à Bond Street et, quant à moi, j'irai renouveler ma garde-robe chez le meilleur tailleur de Saville Row.

– Je m'en réjouis à l'avance. Et nous ferons tout cela en secret ?

– Bien sûr. Avant d'annoncer mon arrivée aux notaires chargés de la succession, il faut que nous ayons vraiment l'air d'un couple ducal. Je veux les impressionner. Finis, les faux-semblants. En outre, les gardiens de ma maison de Londres auront besoin d'un peu de temps pour remettre la résidence en état. Comme je vous l'ai dit, nous avons un rang à tenir. Nous allons en remontrer au grand monde, vous verrez, acheva-t-il en souriant.

Elle rit.

– Vous pensez vraiment à tout, monsieur mon mari.

La route était encore longue et il se faisait tard lorsqu'ils entrèrent enfin dans la capitale.

Michael fila directement vers Park Lane et arrêta l'attelage devant Grangemoore House.

Il passa les rênes à Adela. Elle n'eut aucun mal à tenir les chevaux, qui étaient trop fourbus pour broncher.

Puis, il descendit de voiture et empoigna le heurtoir de la porte d'entrée. Il remarqua avec amusement que celui-ci avait été nettoyé depuis sa visite.

Il frappa plusieurs fois et entendit enfin le pas de Turner dans le vestibule.

Le vieux domestique ouvrit et reconnut aussitôt son visiteur.

– Monsieur Morris ! s'exclama-t-il. Je ne m'attendais vraiment pas à vous revoir. Je commençais même à me demander ce que vous étiez devenu.

Michael entra sans y être invité, en disant :

– Mon cher Turner, apprenez que je vous ai menti. Votre épouse et vous-même m'avez été très utiles et je vous en suis infiniment reconnaissant. Je vous ai simplement caché un petit détail : je suis le major Michael Moore. Martin Morris n'était qu'un nom d'emprunt.

Turner retint son souffle.

– D…dois-je comprendre, bredouilla-t-il, que vous êtes le duc que tout le monde attend ?

– En effet, je suis le duc. Mais je tiens à garder le secret encore quelque temps. Je suis venu avec mon épouse et personne ne sait encore que nous sommes mariés. Je vous prierai donc de vous occuper de nous pendant quelques jours, le temps pour nous de nous préparer à voir les notaires qui me recherchent.

– Mais bien sûr, Votre Grâce, à votre service. Ma femme et moi, on fera tout ce que vous demanderez.

– Merci. À présent, voulez-vous m'aider à décharger nos bagages ? J'espère qu'il y a une place pour les chevaux dans les écuries.

– Évidemment, Votre Grâce. J'ai un ami, pas loin d'ici, un nommé Tomkins, qui vous donnera la main jusqu'à ce que vous ayez pu engager un palefrenier.

– Parfait.

Michael retourna vers Adela.

– Mme Turner veillera sur vous pendant que je mène les chevaux aux écuries, dit-il en lui donnant le bras pour l'aider à descendre.

– Vous… n'en aurez pas pour longtemps ?

Il comprit qu'elle craignait d'être séparée de lui.

– Non, ne vous inquiétez pas. Si vous voulez, vous n'avez qu'à m'attendre avec Turner à la porte du jardin. Je reviendrai par là.

Après avoir rentré les chevaux, il partit à la recherche de Tomkins, l'ami de Turner, qu'il trouva fumant la pipe devant une écurie voisine.

Dès que Michael se fut présenté, l'homme se déclara tout disposé à lui « donner la main », comme il disait.

– J'me charge de tout, Vot' Grâce, fit-il. Je m'en vais panser vos bêtes bien comme il faut et je suis sûr que mon ami Ben Turner est drôlement content de vot' retour. La vie n'était pas rose pour eux depuis quelques années.

– Tout va s'arranger, dorénavant, répondit Michael.

Pendant que Tomkins bouchonnait les chevaux, la porte du jardin de Grangemoore House s'ouvrit et Adela accourut vers son mari.

– La maison est magnifique ! s'exclama-t-elle. Et Mme Turner dit qu'elle a déjà tout préparé pour notre venue.

– Depuis votre visite, on attendait l'arrivée du nouveau duc d'un jour à l'autre, expliqua Turner. Évidemment, on ne se serait jamais douté que c'était vous.

– N'oubliez pas que les notaires doivent ignorer notre présence tant que je ne les ai pas contactés. Je compte sur votre discrétion, Turner, ne vendez pas la mèche. Cela dit, vous avez bien sûr toute liberté pour engager dès maintenant le personnel dont vous aurez besoin. Mettons deux valets, deux soubrettes et quelques bonnes pour aider Mme Turner à la cuisine.

Turner en resta bouche bée.

Michael trouvait très amusant de pouvoir donner de tels ordres sans avoir à se poser la question du financement.

Après un dîner plutôt léger mais tout à fait acceptable, les nouveaux époux allèrent se coucher dans la somptueuse chambre d'apparat qui avait servi de cadre au sommeil de tous les précédents ducs et duchesses du nom.

Michael se montra très ardent. Ce fut une nuit d'amour idyllique, pleine de tendresse, de fougue, de passion et de serments.

Le lendemain, pour permettre à ses chevaux de se reposer, il demanda à Turner d'aller louer une calèche avec un cocher. Et les jeunes mariés se firent conduire à Bond Street.

Adela assura à Michael qu'elle connaissait le magasin de mode le plus huppé et le plus cher de tout Londres.

– Ma belle-mère, persuadée que papa roulait sur l'or, en parlait sans arrêt. C'est le fin du fin, paraît-il. Il n'y a rien de plus chic. Le moindre ruban coûte une fortune.

– En ce cas, c'est là que nous irons, dit Michael sans hésiter.

– Vous êtes... sûr que nous pouvons nous le permettre ?

– D'après ce que je crois savoir, les ducs de Grangemoore étaient très riches. De toute façon, riches ou pauvres, mon amour, je tiens à ce que vous soyez la femme la plus élégante d'Angleterre.

Elle éclata de rire.

Quand ils pénétrèrent dans la boutique, Michael demanda à voir la propriétaire. Il lui expliqua que sa femme et lui arrivaient de l'étranger et que leurs bagages avaient été malencontreusement égarés au cours du voyage.

– Mon épouse a donc besoin d'une garde-robe complète, dit-il. Habillez-la de la tête aux pieds, sans vous soucier de la dépense.

C'était là le genre de commande qu'une couturière ne recevait qu'une fois dans sa vie.

Là-dessus, Michael confia Adela aux bons soins de la dame, qui promit de s'occuper d'elle avec le plus grand soin, et il alla trouver le tailleur attitré du marquis de Dufferin à Saville Row.

Il se recommanda du vice-roi, choisit les plus beaux tissus et commanda plusieurs costumes. Par chance, il y avait dans la réserve un frac déjà confectionné qui s'avéra être pratiquement à sa taille. Après quelques retouches, on eût juré qu'il avait été fait sur mesure.

Dans la boutique d'à côté, il fit l'acquisition d'un chapeau et d'une chemise.

Quand il revint chercher Adela, c'était un autre homme.

Et elle était une autre femme.

Elle portait une robe éblouissante, du dernier cri, qui lui allait à merveille, et une magnifique capeline ornée de plumes.

La couturière promit que quelques autres robes seraient prêtes le lendemain et que le reste suivrait dans un bref délai.

En calèche, Adela avoua :

– Maintenant, je sais que nous vivons un rêve. À vous voir si beau et si élégant, j'ai peur qu'une autre que moi n'essaie de vous ravir votre cœur.

– Je pourrais en dire autant de vous. Mais, pour être tout à fait sincère, mon amour, bien que votre nouvelle robe soit une splendeur, je vous préfère encore quand vous ne portez rien.

Adela se cacha le visage contre son épaule.

– Vous me faites rougir.

– J'aime vous voir rougir, répondit-il avec un petit sourire coquin. Maintenant, rentrons ! Voyons si Mme Turner est digne de sa réputation de cordon-bleu. Ensuite, j'ai un petit projet pour l'après-midi dont je vous parlerai plus tard.

– J'adore les surprises.

À leur retour à Grangemoore House, Turner ne ménagea pas ses compliments.

– Soyez franc, Turner, dit Michael. Comment nous trouvez-vous ? Oui ou non, faisons-nous honneur à cette maison ?

– Vous êtes magnifique, Votre Grâce. Quant à madame la duchesse, je suis sûr que tous les hommes de Londres se jetteront à ses pieds quand ils la verront.

– Dans ces conditions, je vais l'emmener à la campagne dès que possible, répondit Michael.

Derrière la plaisanterie se cachait une vérité : il avait effectivement l'intention de se rendre au château de Grangemoore sans tarder.

Il avait même dejà écrit une lettre en ce sens à M. Barrett, de bon matin. Il l'avait rédigée en ces termes, sans autre explication :

Cher Barrett,

J'ai appris que vous étiez le régisseur du château. Je viens de rentrer des Indes et mes affaires me retiennent actuellement dans la capitale. J'espère cependant pouvoir me rendre au château dans une semaine ou deux.

Je souhaite trouver la résidence en parfait état et je serais très fâché d'apprendre que les anciens domestiques ont quitté les lieux car, par respect pour la mémoire de feu mon grand-père, je ne veux procéder à aucun changement pour le moment.

Je compte sur vous pour que tout soit en ordre pour me recevoir. Je vous ferai connaître la date exacte de ma venue par un prochain courrier.

Sincèrement vôtre,

Grangemoore.

C'était la première fois que Michael signait de son nouveau nom, celui de 5e duc de Grangemoore.

Il savait que, à la lecture de sa lettre, Barrett rappellerait les anciens domestiques démissionnaires. Le château retrouverait son éclat et son prestige d'antan. Le passage de Cyril et de sa bande de débauchés ne serait plus qu'un mauvais souvenir.

« Plus tôt on oubliera tout cela, mieux ce sera », se dit-il.

Après le déjeuner, Adela lui demanda :

– Vous m'avez parlé d'un projet pour cet après-midi, qu'est-ce que c'est ?

– Suivez-moi, je vais vous montrer.

Ils gravirent l'escalier, main dans la main, et suivirent le couloir qui menait à la chambre d'Adela.

C'était une pièce ravissante, avec un lit à baldaquin, tendu de soie et de mousseline et orné d'angelots dorés.

– Pourquoi m'emmenez-vous ici ? demanda-t-elle innocemment.

– Vous ne devinez pas ? fit-il en souriant.

– Vous voulez dire…

En voyant la lueur qui brillait dans les yeux de son mari, elle comprit et s'exclama :

– Oh ! Michael, je… ne pensais pas à cela. C'est… un peu incongru de se coucher si tôt dans l'après-midi, non ?

– En temps normal, peut-être, mais c'est notre lune de miel. Maintenant que nous avons pris toutes les dispositions nécessaires et que nous sommes libres de toute obligation, je veux vous avoir pour moi seul afin de vous répéter inlassablement combien je vous aime.

Il passa derrière elle.

– Demain, nous dirons à Mme Turner de vous trouver une femme de chambre, continua-t-il. Mais, aujourd'hui, c'est moi qui vais tenir ce rôle.

À ces mots, il déboutonna le dos de sa robe, qui tomba sur le sol. Puis, il défit les épingles de sa coiffure et ses cheveux déferlèrent sur ses épaules.

– C'est ainsi que je veux te voir, chérie, dit-il. Tu es belle comme une déesse descendue de l'Olympe.

– Michael… je t'aime, je t'aime… je t'aime.

Il l'embrassa et s'éclipsa dans sa propre chambre.

Quand il revint, elle s'était glissée dans les draps, comme il s'y attendait.

Les volets étaient clos et la pénombre donnait à la chambre un aspect mystérieux.

Il s'approcha du lit.

Elle lui ouvrit les bras. Il la contempla un instant, puis dit :

– Par quel miracle ai-je pu rencontrer une femme aussi jolie, aussi intelligente, aussi compréhensive ?

– Par quel miracle ai-je pu rencontrer un homme aussi merveilleux ?

Il se coucha à côté d'elle. Elle lui tendit les lèvres, mais il voulait d'abord la regarder.

– Ces yeux... ce visage... dit-il enfin, je n'arrive pas à croire que tu sois réelle. Je viens de t'inventer, tu es le fruit de mon imagination et j'ai peur que tu ne disparaisses brusquement.

– Oh, jamais, jamais je ne disparaîtrai. Et, si tu as peur de me perdre, sache que j'ai peur de te perdre, moi aussi, quand je pense à toutes les jolies femmes que tu as dû séduire aux Indes. Ô Michael, ne me quitte jamais. Je ne pourrais vivre sans toi.

Elle glissa ses deux mains derrière sa nuque.

Elle l'aima jusqu'au vertige. Son corps tout entier palpitait, vibrait, exultait.

Quand ils furent liés l'un à l'autre, ils ne formèrent plus qu'un seul et même être de chair.

Michael laissa courir ses lèvres sur sa peau douce et baisa amoureusement la petite vallée entre ses seins. Ses caresses éveillaient chez Adela des frissons nouveaux et sublimes.

Délices de l'amour, ravissement suprême qui, depuis la nuit des temps, emporte les amants au paradis.

Toutes celles et tous ceux qui ont éprouvé cet émoi, qui ont connu ce prodige, savent que c'est un don de Dieu qui a créé l'homme à Son image.

– Mon amour, dit Michael d'une voix très grave.

Aucun autre mot ne pouvait exprimer ce qu'il ressentait, car il savait que son corps, son cœur et son âme vibraient ensemble à ce seul mot : L'amour, l'amour, l'amour, rien que l'amour, encore et toujours.

Barbara Cartland

Samantha des années folles 1144/2
Comtesse Natacha 1145/2
Le bonheur commence à l'aube 1156/2
La revanche de lord Ravenscar 1321/2
L'amour joue et gagne 1360/2
Une couronne pour un cœur 1372/3
Les deux cousines 1384/3
Vanessa retrouvé 1385/2
Rencontre à Lahore 1401/2
L'amour démasqué 1414/2
Un baiser pour le roi 1426/2
Lune de miel au Rajasthan 1440/2
Fortuna et son démon 1454/2
Un diadème pour Tara 1482/2
Un amour imprévu 1538/1
La déesse et la danseuse 1581/2
Rhapsodie d'amour 1582/2
Sous la lune de Ceylan 1594/2
Les vibrations de l'amour 1608/2
Duchesse d'un jour 1609/2
L'enchanteresse 1627/2
Un amour de légende 1747/2
Ola et le marquis 1775/2
Le festin secret 1776/2
Un souhait d'amour 1792/2
L'amour est un songe 1843/2
Splendeurs impériales 1859/2
Les colombes de l'amour 1871/2
Un amour au clair de lune 1954/1 (Juillet 94)
La force d'une passion 1990/1 (Juillet 94)
La revanche du cœur 2005/1 (Juillet 94)
Prise au piège 2082/1
Une épouse particulière 2115/1
Le portrait de l'amour 2367/2
L'irrésistible charme d'Helga 2429/2
La trahison diabolique 2516/2
Duel pour l'amour 2547/1
Evasion pour le bonheur 2548/1
Les yeux de l'amour 2688/1
Le jugement de l'amour 2733/1
Passions victorieuses 2757/2
Pour une princesse 2776/2
Dangereuse passion 2777/2
L'amour victorieux 2796/1
Juste un rêve 2812/2
Amour, argent et fantaisie 2832/2
Le temple de l'amour 2847/1
La princesse des Balkans 2856/1
Douce enchanteresse 2857/1
Aime-moi pour toujours 2890/3
Le parfum des dieux 2960/1
Un ange passe 2972/1
Danger pour le duc 3047/2
Les ailes de l'amour 3108/3
Une fuite éperdue 3125/3
Le château des rêves 3452/2
Paris magique 3469/2
Passion diabolique 3470/2
Le parfum des roses 3488/2
Le bel aventurier 3489/3
Satan frappé par l'amour 3508/2
Un tour du destin 3519/2
Idylle romaine 3520/2
Pour l'amour de vous 3538/2
L'amour en automne 3539/2
Le moulin des passions 3558/2
En cachette 3559/2
Prise au piège 3572/2
La malédiction vaincue 3573/2
L'impossible bonheur 3595/3
Une irrésistible passion 3596/2
L'ombre du passé 3615/2
L'amour est un labyrinthe 3616/2
Miracle à Chadwood 3639/2
Les yeux du cœur 3640/2
Une idylle mexicaine 3660/2
Ô toi, mon roi 3661/2
Solita face aux espions 3680/2
L'amour sera notre refuge 3681/2
Au pays magique 3701/2
Un amour naissant 3702/2
La captive du cheikh 3729/2 (Juillet 94)
Et si je l'aimais... 3730/2 (Juillet 94)
Les enfants qui fuient 3743/2 (Août 94)
Un rêve merveilleux 3754/2 (Septembre 94)
Les vestiges de l'amour 3755/2 (septembre 94)
Les deux mariages de Thérésa 3774/2 (Octobre 94)
Sous le soleil de Grèce 3775/2 (Octobre 94)
Ensorcelée ! 3792/2 (Novembre 94)
Michael mon amour 3793/2 (Novembre 94)
Idylle à Lucca 3808/2 (Décembre 94)
Les sortilèges du cœur 3809/2 (Décembre 94)

Amour et Destin

Les romans de la collection Amour et Destin présentent des femmes exceptionnelles, qui découvrent dans l'amour le sens de leur vie. Elles iront jusqu'au bout de leur quête, quel qu'en soit le prix.

Héroïnes modernes, elles ont décidé de prendre en main leur destin et de l'assumer, dans un monde trop souvent hostile.

Dans la collection Amour et Destin, des femmes courageuses et intransigeantes affrontent la réalité, tout en sachant que l'amour, seul, pourra leur apporter l'épanouissement dont elles rêvent.

BENNETT ELIZABETH

Le balancier du cœur
3598/6

Jolie, douée mais obèse et malheureuse, Janie quitte un jour la Nouvelle-Angleterre pour devenir directrice artistique dans une agence de publicité new-yorkaise. Elle y gagnera son indépendance, perdra les kilos qui la gênaient et surtout découvrira, après quelques errances, le véritable amour.

BENZONI JULIETTE

Le Gerfaut
– Le Gerfaut
2206/6
– Un collier pour le diable
2207/6
– Le trésor
2208/5

BINGHAM CHARLOTTE

Ombre et lumière
3493/7 Inédit

BLAKE JENNIFER

Les secrets du passé
3323/6

Dans le décor luxuriant de La Nouvelle-Orléans, les passions se déchaînent autour de Riva, prisonnière d'un mystérieux passé.

Délices et fureurs
3525/6
Le parfum de la passion
3759/6 (Septembre 94)

BRISKIN JACQUELINE

C'est écrit dans le ciel
3139/7
Cœurs trahis
3431/7

BROWN SANDRA

French Silk
3472/7
Des secrets bien gardés
3617/6
Substitution
3666/6 Inédit
Texas !
– Le destin de Lucky
3282/3
– Le destin de Rocky
3432/3
– Le destin de Sally
3563/3
Parfum de scandale
3727/7 (Juillet 94)

En quelques heures, trois voyous sans scrupules font basculer la vie de Jade dans l'horreur. Désormais, elle n'aura plus qu'un but : se venger. Dillon parviendra-t-il à lui redonner le goût du bonheur ?

CLARKE BRENDA

Au-delà du monde
3618/5

Deux mois après la disparition de son mari au Liban, Christiane Saxelby apprend que Rowland était déjà marié lorsqu'il l'a épousée. Anéantie par cette découverte, elle se replonge dans leur passé. Qui était cet homme auprès de qui elle a vécu durant vingt-cinq ans ? Rowland l'a-t-il vraiment aimée ?

COOKSON CATHERINE

Le bonheur secret d'Emma
3343/5

Dès son plus jeune âge, Emma a compris qu'un seul homme compterait pour elle : le pasteur Henri Grainger. C'est pourtant un autre qu'elle se résoud à épouser. Mais le véritable amour peut-il s'oublier ?

Les tourments d'Annabella
3487/7

DAILEY JANET

Le mal-aimé
1900/4
Prisonniers du bonheur
2101/4
Le triomphe de l'amour
2430/5

DEJONG LINDA RENÉE

Illusions brisées
3395/6

La voiture fait une embardée et c'est l'accident. Lorsqu'elle se réveille à l'hôpital, elle a tout oublié : amnésie. Elle ne reconnaît pas cette famille ni l'image qu'ils semblent avoir d'elle. Qui était vraiment Amanda ?

Amour et Destin

DELINSKY Barbara
Une femme trahie
3396/7
Lorsque Jeff, son mari, disparaît brusquement, Laura se trouve confrontée à une situation financière catastrophique. Avec horreur, elle comprend alors qu'elle vivait auprès d'un inconnu.

La quête de Chelsea Kane
3450/6
Empreintes
3576/6
Un moment d'égarement
3728/7 (Juillet 94)

DEVERAUX Jude
Entre ses mains
3544/6 Inédit

FIELDING Joy
Les amours déchirées
3545/5

GOLDREICH Gloria
Rencontre
3471/5

HOAG Tami
L'homme des marais
3706/5 Inédit

JAGGER Brenda
L'amour revient toujours
3390/5
En 1840, dans une Angleterre en plein essor industriel, deux femmes, éprises du même homme, s'affrontent et luttent pour sauvegarder leur amour.

KRENTZ Jayne Ann
Le petit-fils prodigue
3707/5 Inédit
Mariage en blanc
3797/5 (Novembre 94)

LAROSA Linda
Princesse Alexandra
3358/7

MANSELL Jill
Malentendus
3685/6 Inédit
Pour la magie d'un baiser
3779/6 (Octobre 94)
Trois femmes en quête du bonheur...

MAREZ Marnie De
L'épouse indésirable
3686/5 Inédit

McNAUGHT Judith
L'homme qui haïssait les femmes
3665/4 Inédit
Où tu iras, j'irai
3760/6 (Septembre 94)
Lorsqu'un inconnu vous demande de tout abandonner pour le suivre à Porto Rico, on a certes le droit d'hésiter. Mais alors, on court le risque de tout perdre...

PEARSON Michael
Une femme d'argent
3359/5
De New York à Londres, en ce début de siècle, l'irrésistible ascension de Victoria dans le monde implacable de la haute finance.

PLAIN Belva
Les trésors de la vie
3524/7

QUIN-HARKIN Janet
Grâce au ciel
3812/5 (Décembre 94)

RENICK Jeane
Fais-moi confiance
3597/6
L'enfant de la dernière chance
3742/6 (Août 94)
Un bébé ! Cette idée obsède Marielle, à qui la nature ne laisse plus beaucoup de temps. Après mille péripéties, elle aura enfin ce qu'elle veut, et le bonheur en prime.

SAWYER Meryl
Méfiez-vous des inconnus
3780/8 (Octobre 94)

SELINKO Annemarie
Désirée
3374/5 & 3375/5

SIMPSON Pamela
Revers de fortune
3451/7

SMITH Deborah
L'amour par Miracle
3564/7 Inédit
Le saule bleu
3645/7 Inédit

SPENCER Lavyrle
Demain le bonheur...
3798/8 (Novembre 94)
En 1917, Lannie rejoint son nouveau poste d'institutrice dans le Dakota. La jeune femme va découvrir les grandes plaines du Middle West, des gens simples et vrais, et trouver l'amour.

TAYLOR Lucy
Les années de feu
3646/6 Inédit
Trois sœurs. Trois personnalités. Trois destins. A l'ère de l'amour libre et du féminisme, Anna, Luisa et Tina, partent, chacune à sa manière, à la recherche du bonheur.

THOMAS Rosie
Célébration
3357/5
Œnologue réputée, Bell est fermement décidée à faire carrière dans un monde habituellement fermé aux femmes. L'amour va, toutefois, orienter différemment son destin.

La belle conquérante
3510/9

Aventures et Passions

FINCH Carol
Aveuglée par l'amour
3777/6 (Octobre 94)

GARLOCK Dorothy
Le métis apache
3594/5

GARWOOD Julie
Sur ordre du roi
3019/5
Un ange diabolique
3092/5
Un cadeau empoisonné
3219/5
Fiancée à quatre ans, embarquée de force dans des aventures rocambolesques, Sara est une héroïne d'une drôlerie irrésistible.
Désir rebelle
3286/5
La fiancée offerte
3346/5
Le secret de Judith
3467/5
Un mari féroce
3662/6 Inédit
Le voile et la vertu
3796/5 (Novembre 94)

HAGAN Patricia
Violences et passions
3201/6
Folies et passions
3272/5
Gloires et passions
3326/6
Fureurs et passions
3398/5
Splendeurs et passions
3541/5
Rêves et passions
3682/6 Inédit
Honneur et passions
3756/5 (Septembre 94)

HAZARD Barbara
L'aventurier des Bermudes
3703/7 Inédit
Coup monté
3811/6 (Décembre 94)

HENLEY Virginia
La colombe et le faucon
3259/5
La fleur et le faucon
3416/6
La rose et le corbeau
3522/5
Les amants secrets
3641/7 Inédit

JOHANSEN Iris
Prince de cœur
3757/7 (Septembre 94)
Dans l'Inde splendide et mystérieuse de l'époque coloniale, l'intrépide Jane Barnaby dirige la construction d'une voie ferrée et connaît une passion tumultueuse auprès du beau Ruel, un aventurier écossais.

JOHNSON Susan
Proposition malhonnête
3542/5
Le séducteur sauvage
3642/6 Inédit
Les enchères de la passion
3705/7 Inédit

JOYCE Brenda
Des feux sombres
3371/5
Le fier conquérant
3222/5
Candice la rebelle
3684/7 Inédit

LANDIS Jill Marie
L'héritage de Jade
3449/6

LINDSEY Johanna
Samantha
2533/3
Esclave et châtelaine
2925/4
La révoltée du harem
2956/6
Capturée par des corsaires sur la côte barbaresque, Chantelle se retrouve prisonnière du dey de Barikah, qui la retient dans son sérail. Situation intolérable pour une jeune rebelle !
La fiancée captive
3035/4
Les feux du désir
3091/5
La Viking insoumise
3115/5
Un si doux orage
3200/4
Un cœur si sauvage
3258/4
En recherchant son père disparu au Kansas, Jessica va découvrir la passion dans les bras de son guide, Chandos. Mais quels liens unissent cet homme mystérieux aux Comanches ?
Epouse ou maîtresse
3304/3
Captifs du désir
3430/4
Une fiancée pour enjeu
3593/5
Paria de l'amour
3725/4 (Juillet 94)
Fuyant sa belle-famille décidée à l'éliminer, Jocelyne va s'installer aux Etats-Unis où elle veut refaire sa vie. Elle y rencontre Colt Thunder, dont le sang cheyenne a fait un paria.
Les frères Malory
Le coureur de dot
3778/5 (Octobre 94)
A l'insu de ses frères, Georgina s'embarque pour l'Angleterre dans l'espoir de retrouver son fiancé. Elle y rencontrera un pirate et, s'étant compromise, ses frères la contraindront à l'épouser !

LOWELL Elizabeth
Poker menteuse
3726/5 (Juillet 94)

McKINNEY Meagan
L'enchanteresse perverse
3239/5
L'ange de la vengeance
3373/5
Le corsaire des Caraïbes
3490/5
Le secret de la passion
3795/6 (Novembre 94)